PESCIROSSI
NARRATIVA

I0547344

PESCIROSSI

ADAM ROSSI
DIMMI LA VERITÀ

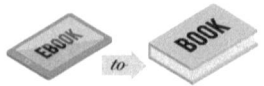

L'ebook è molto di +
Seguici su facebook, twitter, ebook extra

© 2014 goWare, Firenze

ISBN 978-88-6797-241-8

Immagine di copertina: Stefania Fatta
Copertina: Lorenzo Puliti
Sviluppo ebook: Elisa Baglioni

goWare è una startup fiorentina specializzata in digital publishing
Fateci avere i vostri commenti a: info@goware-apps.it
Blogger e giornalisti possono richiedere una copia saggio a Maria Ranieri:
mari@goware-apps.com

Questo libro è dedicato ad Augusto, mio padre

Uno

Al bambino piaceva giocare di sera, in camera sua, con le luci spente.

Il buio quasi totale dava alle sue avventure immaginarie qualcosa di pauroso e di elettrizzante allo stesso tempo. Le poche luci provenienti dai lampioni in strada, e i loro giochi d'ombre, rendevano molto più reali i personaggi che lui aveva pazientemente messo insieme con i Lego, pezzo per pezzo. Ecco che così poteva immergere le sue costruzioni nel bel mezzo delle ambientazioni più disparate: dalla giungla dell'Amazzonia alle cascate del Niagara, dai castelli medievali ai grattacieli di New York, dal deserto del Sahara alle montagne dell'Himalaya.

Fu proprio trovandosi fra le nevi del Tibet, che decise di aprire la finestra, al primo piano rialzato di via Novara, per far sì che l'aria gelida invadesse la sua stanza e rendesse ancor più verosimile la sua esaltante battaglia fra quei guerrieri immortali (o quasi).

Erano quasi le sette di sera e sua madre lo aveva già chiamato due volte per dirgli di lavarsi le mani per la cena. Ma esattamente al culmine di uno dei suoi tanti scontri finali, alcune voci sconosciute attirarono finalmente la sua attenzione, rompendo improvvisamente la magica atmosfera nella quale era sprofondato. Provenivano dalla strada.

Avrebbe voluto lanciare uno dei suoi invincibili robot a difesa di quella povera ragazza, ma non poté far altro che assistere alla scena, impotente.

Vide così, per la prima volta, una vera lotta. E vide una donna cadere a terra, sotto i colpi di un uomo. E vide quell'uomo scappare via, insieme ad altri due.

Sua madre aprì in quel momento la porta della stanza e accese la luce. – Lorenzo, ti ho già chiamato due volte! Ma che fai con la finestra aperta? Ti prendi un accidente e fai uscire tutto il caldo! E smettila di giocare al buio. Che poi di notte hai gli incubi e corri da noi a svegliarci perché ci sono gli uomini cattivi in camera tua...

Lui si voltò verso di lei, poi guardò di nuovo fuori dalla finestra e indicò la strada. – No, mamma. Gli uomini cattivi sono laggiù!

Due

Il bar di Pino e Claudia, il CaffèpPino, si trovava proprio di fronte al palazzo in cui abitava Alex, in viale Pisa. Per Alex, non poteva iniziare una vera giornata di lavoro senza prima passare da lì per il suo solito macchiato caldo.

Non era tanto per il caffè in sé. Di quello avrebbe potuto tranquillamente fare a meno. Ciò a cui non poteva invece rinunciare era l'insieme degli odori, dei suoni, dei volti e delle voci che lo accoglievano di primo mattino con immancabile consuetudine, piacevoli come un grosso sbadiglio appena sceso dal letto.

Scambiare due parole con Pino, o con sua moglie Claudia, dare una sfogliata veloce alla "Gazzetta dello Sport" e altri immutabili rituali, consumati in quel piccolo e accogliente bar di Milano, lo restituivano al mondo ogni mattina, mentre beveva il suo caffè e il suo mezzo bicchiere d'acqua fuori frigo.

In mezzo a questi suoi riti quotidiani c'era anche il saluto alla Signora del Corriere.

La Signora del Corriere, come Alex la chiamava, era una donna sulla sessantina, dall'aspetto sempre molto ordinato e curato, che lui trovava puntualmente tutte le mattine seduta a un tavolino, con il suo latte macchiato da una parte e il "Corriere della Sera" dall'altra.

Aveva i capelli quasi del tutto bianchi e un viso molto dolce, reso forse ancora più amabile da alcune morbide ru-

9

ghe che lo attraversavano. Quando era intenta a leggersi il giornale, spesso assumeva un'espressione quasi severa, ma ad Alex faceva tenerezza anche in quei momenti.

Non parlava quasi mai, se non per salutare le persone che la conoscevano. Non molte a dire il vero.

Nemmeno Alex la conosceva veramente. Non sapeva il suo nome né tanto meno si era mai scomodato a chiederlo. Persino gli altri clienti del bar, quando la salutavano, si rivolgevano a lei con un semplice "signora". In fondo era possibile che nessuna delle persone che frequentavano il CaffèpPino sapesse veramente come si chiamava.

Entrando nel bar, Alex la salutava sorridendole tutte le mattine e lei rispondeva ricambiando il sorriso. Quando poi usciva, le augurava "Buona giornata" e lei faceva lo stesso. Non ricordava di averle mai sentito dire nient'altro; però, ogni volta che si scambiavano questo saluto, lei sembrava sorridere a lui con vero piacere, come se l'avesse in simpatia per qualche ragione.

Quello scambio di sorrisi era proprio l'abitudine cui Alex teneva di più, fra tutte quelle che scandivano l'inizio di ogni sua giornata. Ma non sapeva spiegarsi il perché. La verità era che, pur essendo troppo timido per cercare di fare amicizia, le si sentiva in un certo qual modo affezionato.

Anche quel mattino, intorno alle otto e venti, ancora mezzo addormentato, raggomitolato nel suo caldo giaccone tinta cenere, il berretto di lana grigio e blu e la sciarpa color sabbia, Alex entrò nel bar e salutò Pino e Claudia lasciandosi scappare un grosso sbadiglio.

– 'Giorno.

– Ué! Belli svegli stamattina... – fece Pino.

– Ho guardato la TV fino a tardi ieri sera. – Rispose lui prima di voltarsi a salutare la Signora del Corriere, sorridendole per un attimo con occhi assonnati.

– Buongiorno, signora.

10

Lei stava al suo solito tavolino, davanti a un latte macchiato, vestita con un completino grigio piuttosto semplice, il soprabito corto appoggiato allo schienale della sedia insieme a un foulard di lana fine, la borsetta nera posata su un lato del tavolo e in mano il suo "Corriere".

Guardandolo da dietro un paio di occhiali leggeri e sottili, la Signora rispose al saluto di Alex con quel sorriso su cui lui contava sempre.

– Sì, la TV... dicono tutti così – commentò Claudia con aria ironica, mentre già preparava il suo caffè.

– Eh, magari... – rispose lui.

Claudia era una bella donna sui quaranta, con dei capelli nerissimi, tenuti quasi sempre raccolti, che facevano risaltare la sua carnagione bianca. Era sempre sorridente e portava una quarta abbondante.

Secondo Alex, era la barista perfetta, e stava pensando proprio a quello mentre l'ammirava manovrare la macchina del caffè, fasciata nella sua solita palandrana bordeaux. La stessa che indossava suo marito, con la differenza che a lui lo stringeva alcuni centimetri più in basso e in maniera molto meno intrigante.

Pino era più anziano della moglie: aveva da poco passato i cinquanta e la calvizie gli aveva oramai risparmiato solo una specie di aureola d'argento che andava da un orecchio all'altro. Eppure da giovane doveva essere stato un uomo attraente e di certo una piccola parte del suo fascino sopravviveva ancora, grazie soprattutto alla sua affabilità e alla sua disinvoltura.

Alex si guardò intorno alla ricerca della "Gazzetta" e la trovò su un tavolino attaccato alla parete, dove un signore l'aveva appena appoggiata. La prese e se ne tornò al bancone, sul quale il suo caffè macchiato era già pronto. Svuotò una bustina di zucchero di canna nella tazzina, girò e buttò giù il caffè con un paio di sorsi. Nel frattempo commentava nella sua mente i titoli principali.

Milan, Pato fa i capricci. Ma tornatene in Brasile! Fammi vedere piuttosto cosa dice l'Inter.

Bevve quindi il suo mezzo bicchiere d'acqua. *Zanetti: nessuna paura del Chelsea. Mah, se lo dici tu...*

Infine, adocchiò al volo in ultima pagina i programmi TV della serata, giusto per rimanerne deluso, mandò giù il suo mezzo bicchiere d'acqua e pagò. Pino gli diede il resto e si salutarono.

– Ciao, caro! Buona giornata! – fece Claudia dal fondo del bar, dove stava servendo una donna seduta al fianco del suo bambino in carrozzina.

– Grazie, anche a te.

Infine si voltò e scambiò il medesimo augurio con la Signora del Corriere.

Bene, ora la giornata può cominciare. Con il corpo scaldato dal caffè e la mente ancora coccolata dall'atmosfera respirata fra le pareti arancioni di quel locale, Alex s'incamminò in direzione di piazzale Bande Nere.

Fuori l'aria era gelida, invece. Fra i rumori di auto e tram che lo stordivano, percorse a passo svelto quei duecento metri che lo separavano dall'ingresso della metro, per poi buttarsi giù, lungo le scale che lo portavano nei sotterranei, illuminati dai soliti fastidiosi neon. In quel frenetico brulicare di persone, il suo fisico snello si muoveva con disinvoltura, abituato com'era a schivare uomini, donne e ragazzini con valigette, borse e zainetti di ogni tipo che rischiavano di urtarlo a ogni passo.

La Rossa, piena come un uovo, lo portò in pochi minuti al capolinea di Bisceglie e da lì prese il solito autobus che lo avrebbe scaricato proprio davanti al palazzo Vodafone, dove lavorava.

12

Erano ormai due anni che Alex viveva da solo, dopo aver lasciato la casa dove era cresciuto, ad Assago, e dove vivevano ancora suo padre e suo fratello minore, Pietro. A mala pena guadagnava quello che gli bastava per pagarsi l'affitto e le spese, ma aveva sempre sentito il bisogno di crearsi il suo spazio e adesso si trovava così bene da solo che i suoi sacrifici non gli pesavano affatto.

Era dipendente di una società di consulenza e da tre anni lavorava presso Vodafone, come analista programmatore. Si trovava piuttosto bene, ma stava aspettando notizie dalla sua azienda perché avrebbero potuto spostarlo su un altro cliente con l'inizio dell'anno nuovo e la cosa lo metteva un po' in ansia. Avrebbe potuto finire anche in tutt'altra zona di Milano e ciò avrebbe potuto significare la necessità di cambiare casa.

Anche per questo da un po' di tempo stava cercando su Internet qualche offerta di lavoro in zona. Non gli piaceva per nulla l'idea di spostarsi, cambiare abitazione, allontanarsi dai suoi amici e dalla sua famiglia. Assago distava a malapena un quarto d'ora d'auto da dove abitava adesso. Era una situazione davvero ideale per lui.

L'edificio nel quale lavorava assomigliava a tanti altri in quel tratto di via Lorenteggio: grattacielo grigio chiaro con delle vetrate verdi, la punta arrotondata da un lato e il classico logo rosso proprio in cima. Una specie di gigantesco cellulare.

Alex stava proprio per entrare in ascensore, quando gli venne in mente che quella stessa sera aveva un appuntamento con Stefano per l'aperitivo.

Quel pensiero gli diede un insolito entusiasmo per il resto della giornata. Erano almeno un paio di settimane che Alex non passava del tempo con il suo migliore amico e non vedeva l'ora. Stefano avrebbe portato probabilmente con sé qualcuna delle sue "conoscenze femminili", come amava chiamarle. Di certo a Stefano le "conoscenze" non mancavano, attraente e disinvolto com'era; ma non era la prospettiva di incontrare qualche nuova ragazza che rendeva Alex così su di giri. Con Stefano si divertiva come con nessun altro e, in sua compagnia, anche lui diventava inspiegabilmente più brillante del solito. Loro due, "il Gatto e la Volpe", si intendevano alla perfezione.

Entrando in ufficio, si tolse il cappello, si passò una mano in testa per sistemarsi i capelli mossi, e salutò Iris, una dei due colleghi che dividevano l'ufficio con lui. Dopo essersi tolto anche sciarpa e giacca, si sedette alla sua scrivania e accese il computer. Iris non aveva nemmeno risposto al saluto, assorta com'era nel leggere uno di quei quotidiani che distribuiscono agli ingressi della metro.

– Che cosa c'è d'interessante? – chiese Alex incuriosito.

– Ieri sera hanno ammazzato una ragazza di vent'anni proprio vicino a casa mia. E solo per rubarle la borsa... bastardi.

– Di notte?

– Erano solo le sette.

– Qualche extracomunitario... – fece Alex.

– Invece sembra che fossero italiani, un bambino dice di aver visto l'aggressione dalla finestra di casa sua, al primo piano, e dalle voci che ha sentito, dovrebbero essere italiani. In tutto erano tre.

– Beh, comunque non ti agitare. Di solito, quando succedono queste cose, la polizia comincia a pattugliare la zona per un po' e il posto diventa tranquillo per molto tempo. Sai com'è... –

Questa se l'era proprio inventata, ma voleva tranquillizzare Iris che sembrava piuttosto scossa dalla notizia. Lei non replicò, ma, a giudicare dall'espressione del volto, non sembrò molto convinta delle sue parole.

14

Un attimo dopo entrò Valerio, o meglio il Vale, l'altro collega d'ufficio. Salutò, appoggiò la borsa della palestra a fianco alla scrivania e accese il computer.

– Chi vuole un caffè?

– No, grazie, sono a posto – rispose Alex.

– Io, volentieri – Iris, come da copione.

Lei e il Vale si scambiarono uno sguardo e si avviarono verso il corridoio in fondo al quale si trovava la macchinetta del caffè.

Tutte le mattine la stessa sceneggiata, pensò Alex. *Come se io non l'avessi capito che hanno una storia. Potrebbero anche evitare 'sti siparietti. Contenti loro...*

In fondo, però, questa tresca fra i suoi colleghi lo divertiva e, dopo tutto, Iris e il Vale erano due tipi molto simpatici e degli ottimi compagni d'ufficio. Con loro il lavoro non era mai noioso. Anche durante giornate o settimane intere di tensione, loro sapevano sempre sdrammatizzare le cose.

Ormai da mesi sapeva che si incontravano al di fuori del lavoro ed evidentemente non ci tenevano che la cosa si sapesse in ufficio, quindi non avevano detto nulla nemmeno a lui. In ogni caso, Alex non era un chiacchierone e sapere di quella storia non gli faceva né caldo né freddo.

Tornata dal caffè, Iris sembrava già essersi dimenticata di quella brutta notizia letta sul giornale e stava chiedendo al Vale cosa ne pensasse di quel maglioncino nero scollato che indossava e che aveva comprato il giorno prima in un negozio dell'Auchan.

Alex scosse la testa, senza farsi notare da loro.

Avanti col teatrino...

Il resto della mattinata passò così molto tranquillamente, come tante altre.

Verso l'una e mezza, Alex stava pranzando con Iris, il Vale e qualche altro collega, al solito self service convenzionato

Vodafone, quando ricevette un sms. Lu: "Ti va di venire a fare un giro con me e Francesco domani pome?".

Rispose subito: "Certo che sì! Ho proprio voglia di vedervi! Ti chiamo domani dopo pranzo".

In realtà, per quel sabato pomeriggio, si era ripromesso di aggiornarsi il curriculum e guardare un po' di annunci su alcuni siti Internet del settore. Ma era sicuramente molto più interessante uscire di casa e passare il pomeriggio in giro, in compagnia della Lu e di suo figlio Francesco. Al CV poteva pensarci in un altro momento.

Alex adorava il piccolo Franci e quella simpatia era di certo corrisposta.

Con Luisa erano amici di vecchia data ed erano sempre stati molto legati. Insieme a Stefano, lei era la persona con cui si trovava più a suo agio, anche se di recente si erano visti e sentiti molto meno del solito.

Inoltre, da un po' di tempo, la Lu non era del suo consueto buonumore e sembrava avere delle preoccupazioni. Quando però lui cercava di capire che cosa avesse, lei se ne accorgeva, cercava di camuffare il suo stato d'animo e si giustificava con la stanchezza per il lavoro e qualche altra preoccupazione per Franci, la scuola eccetera.

Alex sapeva che nessuna di queste scuse era plausibile. A lei piaceva davvero il suo lavoro. Le dava delle grandi soddisfazioni ed era sempre stata un tipo instancabile. Disegnava abiti sartoriali e portava avanti un piccolo atelier in zona Sant'Ambrogio, che aveva tirato su dal nulla insieme a una socia con cui lavorava ormai da diversi anni. Proveniva da una famiglia assai modesta e quell'atelier era il frutto di una passione in cui aveva creduto da sempre. I risultati che aveva ottenuto fino a quel momento l'avevano sempre ripagata di tutti gli sforzi. E per quanto riguardava Francesco, sebbene non avesse un vero padre, era sempre stato un bimbo sveglio e socievole, e i piccoli problemi che attraversava erano gli stessi che poteva avere qualsiasi altro bambino della sua età. D'altronde era anche vero che non doveva essere facile crescere un figlio da sola. Proprio per questo ad Alex dispiaceva sapere che lei adesso faceva fatica a confidarsi. Ma la conosceva troppo bene e sapeva che insistere non sarebbe servito a nulla e che la cosa migliore sarebbe stata invece farle sentire che lui era sempre lì, per ascoltarla, qualsiasi problema avesse avuto.

Un minuto dopo arrivò un altro messaggio della Lu: "Ok belé, Franci non sta già più nella pelle!".

Ad Alex scappò un sorriso. Si gongolava, riflettendo sul fatto che a volte ci vuole davvero poco per sentirsi felici.

'Tesoro di Alex'.

Tre

Toffee quella mattina era proprio uno straccio e avrebbe dormito fino al pomeriggio, se Tozzi non fosse venuto a svegliarlo.

Il campanello suonò un paio di volte prima che lui si rendesse conto che c'era qualcuno alla porta. Era nel letto, sdraiato su un fianco, la faccia sprofondata nel cuscino e i vestiti del giorno prima ancora indosso: jeans larghissimi color cenere, un maglione verde militare con delle toppe sui gomiti e una maglietta bianca che spuntava da sotto il maglione.

Aprì a fatica gli occhi e cercò di mettere subito a fuoco il display dell'orologio che stava sul comodino, per rendersi conto se fosse notte o giorno. Le tapparelle della stanza da letto non erano del tutto chiuse, ma fuori il cielo era coperto e in camera filtrava poca luce. Vide che era solo mezzogiorno e ci mise ancora qualche secondo prima di decidersi ad alzarsi. Intanto, il campanello suonava per la terza volta.

Alla fine si mise in piedi e, dopo essersi trascinato attraverso il suo bilocale sino alla porta d'ingresso, guardò dallo spioncino e poi aprì.

Tozzi stava lì sulla porta con un giornale in mano e un sorriso da ebete stampato sulla faccia. Aveva trovato il portone aperto e quindi era salito senza citofonare.

Era vestito come sempre: un berretto di lana nero in testa, jeans chiari e il solito giubbotto di jeans imbottito col bavero all'insù, dietro al quale s'intravedeva il collo alto di una dolcevita, mentre dai fianchi spuntava l'estremità di una camicia di stoffa pesante a quadrettoni. Infine, il pezzo immancabile del suo abbigliamento: due vecchi e lerci scarponcini marroni, tipo quelli antinfortunistici che si usano nei cantieri.

Toffee lo fece entrare senza nemmeno salutarlo. In casa c'era odore di chiuso, puzza di scarpe e un leggero fetore di cibo rancido che arrivava dal lavandino della cucina, dove erano ammucchiate una scatoletta di tonno consumata, una lattina di Coca accartocciata, qualche stoviglia sporca e altri avanzi di alimenti non meglio definibili.

Tozzi si stravaccò sulla poltrona di fronte al televisore e iniziò a fissare Toffee, ancora con quell'espressione idiota che gli attraversava la faccia butterata e tenendo in mostra il quotidiano "Metro News" che aveva preso fuori dalla stazione di Lotto.

– Ma che cazzo hai da ridere? – disse Toffee, con una voce rauca e assonnata, mentre si grattava la testa rasata.

In realtà, quel tocco di raucedine dava a Toffee la profondità vocale tipica di un qualsiasi uomo adulto. Infatti, a eccezione dei momenti come quello, aveva in genere una voce tagliente, con un timbro talmente sottile da sembrare addirittura femminino.

Per giunta, il suo viso era dotato di una peluria assai rada e fine, tipo preadolescenziale, anche adesso che aveva ormai trentadue anni. La sua corporatura era piuttosto modesta, con delle spalle strette e cadenti, un torace piccolo e delle dita sottili. Di scarpe non avrà portato più del trentanove.

Ecco perché quel suo soprannome, Toffee, sembrava calzargli proprio alla perfezione.

– Siamo sul giornale. – Tozzi gli allungò il quotidiano indicando un articolo di cronaca in quinta pagina.

Toffee lo prese e incominciò a leggere il pezzo su un omicidio di una ragazza in via Novara.

– Stavi dormendo?

– Tu che dici? – Rispose Toffee senza togliere gli occhi dal giornale.

– Dormi vestito?

– E a te che ti frega?

– Visto che casino con quella? Forse non avresti dovuto...

– Io non ho fatto un cazzo!

– Beh, io non sono stato!

Toffee guardò Tozzi fisso negli occhi.

– Ma allora sei proprio coglione! Non è successo un cazzo! Chiaro?

– Sì, sì... ho capito. – Concluse Tozzi.

Toffee lasciò il giornale sul divano e aggiunse con tono distratto, mentre si dirigeva verso il bagno: – A proposito, c'è da fare quella cosa, domani sera. Dillo anche a Rico.

Tozzi non rispose.

– Oh! Hai capito? – Guardandolo attraverso la porta del bagno semiaperta.

– Senti Andre, non lo so mica se mi va 'sta cosa. Dipende da com'è... E poi è un periodo che... non lo so... è un casino andare in giro con te!

Tozzi stava chiaramente cercando di dirgli qualcosa, ma non voleva farlo innervosire. Lo chiamava "Andrea" quando voleva prenderlo con le buone.

– Sei ancora qua? – Rispose senza nemmeno guardarlo in faccia.

– Guarda che lo dice anche Rico!

– Auguri e figli maschi! – Chiuse il discorso Toffee, con tutta la diplomazia di cui era capace.

Tozzi sbuffò, poi con aria rassegnata si alzò dal divano e lo salutò dirigendosi verso la porta.

– Vabbè, ci sentiamo domani allora...

Quindi se ne andò e, chiudendo la porta dietro di sé, sussurrò due sole parole: – Che merda!

Toffee non si disturbò nemmeno a salutarlo mentre usciva, ma guardandosi allo specchio borbottò con un sorriso ironico: – Che coglione!

In piedi davanti allo specchio, ripensò a quello che era successo la sera prima. Aveva perso il controllo con quella ragazza. Avrebbero dovuto solo portarle via la borsa e scappare, invece quella si era messa a urlare. Così per farla stare zitta l'aveva colpita con la spranga di ferro due volte, prima allo stomaco e poi alla nuca. Si vedeva subito che era morta sul colpo: le aveva spezzato l'osso del collo.

Quella stronza se l'è cercata, si disse mentre la sua espressione, riflessa allo specchio, si faceva sempre più cupa e il respiro sempre più pesante.

Era proprio vero che ultimamente Toffee non riusciva più a controllarsi in certe situazioni. Forse era per via della coca che tirava sempre più spesso. Però non era solo quello. Da tempo sentiva crescere dentro di sé un'ansia, un malessere, che non sapeva spiegarsi e che cercava di nascondere, ma al quale non poteva fare a meno di dare sfogo, di tanto in tanto. Soprattutto quando si trovava in situazioni come quelle. Anzi, a dire il vero a volte era addirittura lui a cercarsele, quelle situazioni, proprio per potersi sfogare; soltanto un pretesto per scaricare la rabbia.

Con quella carica d'ira ormai gli sembrava d'esserci nato. Eppure non era sempre stato così. La sua infanzia vissuta a San Francisco con sua madre era piena di ricordi felici. Anche se ormai persino quelli andavano col tempo annebbiandosi e spesso si scopriva sempre più in difficoltà nel riportare alla mente nomi e volti di quel passato.

Quando la madre morì, Toffee aveva quattordici anni e si dovette trasferire giocoforza a Milano con il padre. In realtà da suo padre non stette mai. Avrebbe dovuto passare del tempo, senza sapere bene quanto, in una specie di collegio dal quale però scappò dopo pochissimi giorni.

Anche la fuga comunque non era durata molto. Il mattino dopo si era presentato di nuovo lì, stanco e rassegnato, ma lo psicologo dell'istituto fu la prima e unica persona a incontrarlo in quell'occasione.

Era estate, una domenica. Non c'era quasi nessun altro del personale quel giorno. Quel dottore era proprio un conoscente di suo padre, al quale aveva probabilmente suggerito lui stesso quella sistemazione.

Toffee gli disse che non voleva stare più in quel posto e gli chiese di convincere suo padre a portarlo via di lì. Lo psicologo gli disse che suo padre probabilmente non lo avrebbe mai preso in casa, ma che avrebbe provato a convincerlo. Nel frattempo gli concesse di stare per un certo periodo in un monolocale mansardato in zona porta Garibaldi.

Non sapeva nemmeno di chi fosse quel posto, ma quel tipo gli permise di starci fino a quando le cose col padre non si fossero sistemate. Cosa che non successe mai. Il tutto in cambio di quello che Andrea, quattordicenne senza soldi, poteva avere da offrire a un quarantenne che aveva tutto e ai suoi amici.

Quando questo tizio si stancò della sua presenza e se ne liberò, Toffee era già dipendente dalla cocaina. Conosceva ormai diversi modi per procurarsela e stava anche imparando a tirare avanti da solo in quella città che lo avrebbe ospitato ancora a lungo.

Per un po' di tempo era comunque rimasto in contatto con lo psicologo e quando aveva bisogno di soldi o altro tornava a farsi "aiutare" da lui.

Fu in una di queste occasioni che si trovò per caso di fronte a suo padre. E fu un incontro che avrebbe preferito non fosse mai avvenuto. Quella fu l'ultima volta che vide lui e il suo amico.

Invece a sua madre, Cindy, aveva voluto veramente bene. Non che con lei fosse stato tutto perfetto. Anzi, litigavano pure spesso nell'ultimo periodo, prima che lei morisse d'infarto. Però, come mamma, aveva sempre fatto del suo meglio e non si sentiva di poterle rimproverare nulla.

Ricordava ancora la casa di San Francisco, dove aveva abitato per tanti anni, nel quartiere italiano di North Beach. Un appartamento piuttosto carino, in un palazzo molto vecchio, ma tenuto bene, e abitato da gente cordiale e socievole. Per lo più di origine italiana, ma non solo. In fondo, quella Little Italy aveva trattato Andrea molto meglio di quanto avesse fatto, in seguito, quella vera.

Portava ancora con sé una vecchia foto di Cindy: sotto il sole, con un cappello di paglia in testa, stava chinata per terra, ad affrescare la strada proprio di fronte a casa loro, insieme ai madonnari che si esibivano durante l'annuale Italian Festival. Le era sempre piaciuto dipingere. Dipingeva qualsiasi cosa, in qualsiasi luogo e con qualsiasi tecnica.

A quel tempo, vivevano lì anche i suoi nonni materni. Erano immigrati in America negli anni Cinquanta e, dopo aver passato alcuni mesi molto difficili a New York, si erano spostati e stabiliti definitivamente nella West Coast. Grazie a loro aveva imparato a parlare l'italiano quando ancora non conosceva l'Italia. Conservava ancora dei gran bei ricordi che li riguardavano. Fino a circa undici anni aveva passato molto tempo con loro. Poi suo nonno Ermanno, che fumava come un turco, aveva deciso di mandare in pensione i suoi polmoni una volta per tutte e, poco dopo, sua nonna Fiorenza fu rinchiusa in una clinica perché l'Alzheimer ce la metteva tutta per rendere la vita impossibile a lei e a chi le stava vicino.

Quando scappò definitivamente da suo padre, Toffee avrebbe tanto voluto tornare in California, ma non gli avrebbero mai permesso di entrarci senza uno straccio di documento. Sebbene avesse sempre la cittadinanza americana, era minorenne e non aveva il passaporto. Come avrebbe potuto ottenere il rimpatrio senza coinvolgere suo padre? Era impossibile e con lui non voleva aver più niente a che fare.

Così col tempo perse le speranze di tornare al suo paese di nascita e si abituò all'idea di restare per sempre a Milano.

Sebbene il suo vero nome fosse Andrea, per tutti si chiamava Toffee. Aveva ricevuto questo soprannome da sua madre, fin da quando era ancora in fasce, e molti anni dopo avrebbe deciso di farsi chiamare per sempre così.

Successe proprio durante i primi tempi in cui visse a Milano. All'epoca pronunciava quel suo italianissimo nome con quel suo americanissimo accento che si portò dietro per parecchi anni. Ne conseguiva inevitabilmente che la gente facesse fatica a capirlo o si mettesse a ridere ogni volta che cercava di presentarsi. Quando questo accadeva, si infastidiva da morire. Così smise di usare il suo vero nome e lo sostituì per sempre con Toffee, o, come lo scriveva Tozzi nei suoi sms, "Tofi".

Al tempo in cui aveva appena lasciato il padre, pensò che il nuovo nome gli sarebbe stato di aiuto a far perdere le proprie tracce. Anche perché a Milano nessuno, prima di allora, lo aveva mai chiamato in quel modo. Perciò sarebbe stato difficile, per non dire impossibile, che qualcuno, incontrando o sentendo parlare di un ragazzo chiamato Toffee, risalisse ad Andrea.

Si sarebbe senz'altro rimesso a dormire, se non fosse stato per il mal di testa che stava già iniziando a martellargli il cervello. Provò ad accendere la televisione per distrarsi, ma do-

25

po pochi minuti se ne era già stancato. Quella mattina non se la sentiva proprio di combattere con l'emicrania e così decise che doveva tirarsi una striscia al più presto.

Prima però doveva andare a vendersi il cellulare di quella ragazza. Un bel modello di Nokia. Se andava bene, poteva farci su anche cinquanta o sessanta euro. Poi c'erano la catenina d'oro e i centoventi euro trovati nel portafogli.

Solo i contanti erano già stati divisi con Tozzi e Rico. Il resto era ovviamente ancora da spartire. Comunque per il momento gli bastava vendersi il cellulare per mettere insieme quello che gli serviva per comprarsi ciò di cui aveva bisogno.

Dopo un paio di minuti uscì dal bagno. Si infilò in fretta un paio di Nike, il piumino nero imbottito e il suo inseparabile cappellino dei Giants di San Francisco, ormai sbiadito e pieno di scuciture.

Dopo avere raccolto cellulare e portafoglio, stava già per aprire la porta, ma si fermò un attimo e si voltò verso il tavolo del soggiorno perché aveva adocchiato un pacchetto di Marlboro Light. Senza nemmeno chiedersi come ci era finito, lo prese, si accese una sigaretta con l'accendino di plastica trovato dentro lo stesso pacchetto e uscì di casa. Mentre fumava, non gli venne neanche in mente che quelle erano le sigarette della ragazza di via Novara.

Fuori faceva davvero freddo. Era da poco passato mezzogiorno e Toffee non aveva ancora messo niente nello stomaco da quando si era svegliato. Stava iniziando ad accorgersene e perciò decise di fermarsi nel primo bar a farsi un toast e una birra, prima di rimettersi in strada.

Doveva passare dal Rumeno che si sarebbe probabilmente comprato il Nokia e voleva fare le cose in fretta perché il mal di testa non gli stava dando tregua e aveva bisogno della sua "medicina". Percorse quindi a passo spedito il resto della strada e arrivò in pochi minuti in zona San Siro.

26

Il Rumeno era un tipo al quale si rivolgeva spesso per diversi motivi, ma soprattutto quando aveva bisogno di vendere qualcosa. Si trovava bene a trattare con lui perché era un tipo affidabile e che badava al sodo. Tra di loro non c'erano mai stati problemi e ultimamente erano quasi diventati amici.

Lo trovò proprio fuori dal bar Rocco. Stava parlando con un paio di africani.

Portava un giubbotto di pelle nero imbottito, nuovo di zecca, un paio di jeans aderenti a vita bassa, slavati e strappati, e un berretto di lana che teneva al caldo la sua testa rasata. Viceversa i suoi piedi dovevano essere tremendamente freddi, dentro a quel paio di All Star così leggere.

Rallentò il passo mentre si avvicinava a lui e, quando il Rumeno lo notò, Toffee gli lanciò solo uno sguardo ed entrò nel bar come se niente fosse.

Il locale era lurido e squallido. Un bancone che cadeva a pezzi, tre tavolini arrugginiti e qualche sedia sparpagliata su un pavimento sconcio.

Il barista non lo salutò nemmeno e non gli chiese se volesse qualcosa. Lo conosceva già, perché veniva piuttosto spesso a cercare il Rumeno, e non ci teneva che Toffee si fermasse più a lungo di quanto gli ci volesse per fare quello che era venuto a fare. Non che la cosa al barista facesse né caldo né freddo, ma voleva mandare avanti il suo bar senza problemi ancora per qualche anno.

Il Rumeno, d'altra parte, non se lo poteva togliere di torno perché, a quanto pareva, si era da un po' scelto il suo locale come ritrovo preferito per i suoi giri; ma sapeva anche che i personaggi come lui cambiano aria di tanto in tanto, per lo meno quelli abbastanza furbi da non farsi trovare per troppo tempo nello stesso posto.

Toffee restò in piedi e andò ad appoggiarsi con la schiena a una parete, in un punto dal quale riusciva appena a intravedere il Rumeno. Da lì, con le mani in tasca, gli lanciava qualche occhiata, aspettando che si decidesse a venire da lui.

Dopo un paio di minuti, i due tizi che stavano parlando con il Rumeno se ne andarono e lui si affacciò alla porta del bar gettando uno sguardo a Toffee. Poi, si voltò e s'incammino lentamente sul marciapiede, mentre tirava fuori dalla tasca del giubbotto un pacchetto di Diana rosse.

Toffee aspettò qualche secondo e poi uscì dal bar, raggiungendo il Rumeno e affiancandolo, mentre lui si stava accendendo una sigaretta.

– Ciao, Rumeno.

– Ciao, Americano. – Al Rumeno era sempre piaciuto chiamarlo così.

– Come andiamo?

– Come solito. E tu? – Il Rumeno non andava molto d'accordo con la grammatica italiana.

– Insomma... senti, vado un po' di fretta. Ti interessa questo Nokia? – Così dicendo, tirò fuori da una tasca il cellulare della ragazza e glielo passò.

Il Rumeno tolse la sua sim dal proprio cellulare e la mise nel Nokia, lo accese e lo provò. Funzionava perfettamente. Fece anche una breve telefonata in rumeno a chissà chi.

Avesse saputo che era appartenuto a una donna uccisa la sera prima, probabilmente avrebbe evitato di accenderlo, ma Toffee naturalmente non ci teneva a informarlo di quel particolare.

Pochi minuti dopo, Toffee stava già tornando verso casa sua, soddisfatto dell'affare che aveva combinato. Era andata meglio del previsto. Per sua fortuna il Rumeno aveva dietro proprio un cinquanta euro di cocaina e così si era fatto pagare direttamente con quella.

Mezz'ora dopo Toffee aveva già dimenticato il mal di testa e la sua mente si era liberata da tutte quelle angosce che di recente lo tormentavano sempre più spesso.

Erano circa le due di pomeriggio e il McDonald di via Washington era pieno di gente.

Tozzi e Rico stavano seduti a un tavolino, in un angolo del locale, davanti a un paio di hamburger con patatine e Coca.

Rico, come al solito, aveva finito per primo il suo panino. Lo aveva divorato senza nemmeno togliersi quella giacca di pelle nera, unta e bisunta, che portava sopra ai pantaloni verde scuro e a un paio di scarponcini neri.

Mentre si stava finendo le patatine, alzò lo sguardo verso Tozzi, che era molto più alto di lui, e gli chiese – Sei andato poi da Toffee?

– Sì. – Fece l'altro mentre masticava.

– Gli hai fatto vedere il giornale?

– Sì.

– Che ha detto?

– Un bel nulla. Lo sai com'è...

– Ha fatto davvero un bel casino ieri. Non c'era mica bisogno di spaccarle la testa. – Bisbigliò Rico.

– Ho cercato di dirgli che non ci va tanto bene così... ma non mi ha nemmeno ascoltato. È sempre peggio. Cosa facciamo?

– Io mi sono rotto il cazzo! Non voglio mica finire nella merda per colpa sua. Io dentro ci sono già stato... e non mi è mica piaciuto! Figa, un conto è andare in giro a tirar su soldi come capita, moto, auto... e un conto è far secca della gente per un cazzo di niente!

– Lo so, lo so. Ma allora, senti, facciamo così, gli diciamo che o si dà una calmata o lo molliamo, no?

– Ué, ma sei proprio scemo! Quello è capace di spaccartela a te la testa! Ma non lo vedi com'è conciato? Smoccola così tanto dal naso che quando cammina lascia la bava come le lumache. Quello s'è bruciato...

– E allora?

29

– E allora niente! Facciamo 'sta cosa di Assago, ci dividiamo quello che ci esce e poi non ci facciamo più vedere! Senza dirgli un cazzo, capito? Stop!

– Ah, a proposito, dice che è per domani... ma come sarebbe che non ci facciamo più vedere? Prima o poi ci chiamerà...

– E noi non rispondiamo! Che se ne vada a fare in culo!

Tozzi non rispose.

Rico era certamente più sveglio di Tozzi. Non che ci volesse molto, a dire il vero. Comunque sia, sapeva senza dubbio che Tozzi lo avrebbe seguito se lui avesse deciso una cosa. Anche Toffee aveva una certa influenza su di lui, ma Rico lo conosceva da più tempo e sapeva come gestirselo meglio di chiunque altro.

Tozzi si chiamava Filippo, ma fin da ragazzo lo avevano sempre chiamato tutti per cognome. Non era ritardato o cose simili, ma parlandoci si percepiva facilmente che la sua era una mente abbastanza debole e, per così dire, non particolarmente dotata.

Qualche anno prima, Rico l'avevano beccato mentre rubava un'auto e si era fatto sei mesi a San Vittore. C'era anche Tozzi, ma lui era riuscito a scappare per un pelo e Rico non aveva fatto il suo nome né alla polizia né a nessun altro.

Così Tozzi se l'era cavata e grazie a quel gesto Rico era diventato l'eroe che lui non avrebbe mai potuto tradire.

In passato anche Toffee aveva saputo guadagnarsi la loro fiducia in più di un'occasione. Eppure entrambi di recente si erano resi conto che ormai non potevano più stare tranquilli con lui. Ogni giorno che passava, era sempre più irascibile e incontrollato. Inoltre dava sempre più l'impressione di non voler parlare con loro come faceva una volta. Gli nascondeva sicuramente qualcosa, ne erano convinti.

Erano ormai le sei del pomeriggio e Toffee era appena uscito dal bagno, avvolto in un grosso asciugamano, dopo essersi fatto una lunga doccia. Data un'occhiata al cellulare, si accorse di avere una chiamata persa e di aver ricevuto un messaggio.

"Chiamami".

Lo fece subito.

La voce nervosa di un uomo rispose e parlò, sbrigativa.

– Allora, puoi prendere le chiavi. Le ho lasciate dove ci siamo detti. Capito?

– Okay.

– E non mi rompere mai più le palle! Sono stato chiaro?

– Questo lo decido io! Non ho più quindici anni, pezzo di merda!

Quattro

Pochi minuti dopo le sei, Alex stava già uscendo dall'ufficio per dirigersi verso la fermata del 78 che lo avrebbe portato alla metro di Bisceglie e da lì con la Rossa fino a piazza Wagner.

Arrivando a piedi davanti al solito locale, in una affollatissima via Marghera, vide Stefano che chiacchierava con un paio di ragazze.

Una era alta, abbronzata, capelli mori e lisci, con delle lunghe gambe fasciate da un paio di jeans aderentissimi e il resto del corpo avvolto in una mantellina scura.

L'altra era decisamente più bassa e meno appariscente, ma comunque molto carina, con dei lunghi boccoli castani che le cadevano lungo le spalle. Il suo viso solare e allegro spuntava dai baveri di un cappottino color panna che aderiva perfettamente alla sua corporatura snella.

Entrambe, ovvio, non staccavano gli occhi da Stefano mentre lui, fumandosi una sigaretta, le intratteneva con chissà quale storia. Stefano aveva un viso dai lineamenti un po' duri, una mascella pronunciata, un naso dritto e affilato, capelli castano chiaro, occhi verdi e fisico atletico. Insomma, un bel tipo.

Stefano si accorse di Alex che stava camminando verso di lui, gli fece un cenno e gli andò incontro per salutarlo con un abbraccio.

– Come stai bella gioia?

– Non c'è male. E tu?

– Benissimo! Ti presento due amiche...

Così dicendo, Stefano si voltò e si avvicinò alle ragazze, seguito da Alex.

– Ciao, Alex! Io sono Margherita – fece la ragazza più bassa, sfoggiando un bellissimo sorriso.

– Piacere... non ti dico il mio nome perché lo sai già... – esordì lui, stringendole la mano mentre lei accennava una risatina di circostanza.

Poi si voltò verso l'altra ragazza che si presentò con una stretta di mano moscia.

– Piacere, Nadia.

– E io sono sempre Alex... – Questa volta fecero tutti una risatina di circostanza.

Si sedettero a un tavolo del dehors, ordinarono e iniziarono a chiacchierare. Margherita era molto simpatica, ma un po' troppo logorroica per i gusti di Alex che nel frattempo ammirava la solita disinvoltura di Stefano con la sua vittima di turno.

L'aperitivo andò via così, fra i racconti delle piccole avventure di Stefano "in servizio", da una parte, e dei viaggi di Margherita, dall'altra. Ogni tanto Alex spezzava quei piccoli monologhi per condire la conversazione con qualche battuta spiritosa, alle quali Margherita e Nadia ridevano di gusto.

Stefano sapeva che Alex era la sua spalla ideale quando era in compagnia di donne e Alex sapeva che Stefano contava su di lui, nonostante non avesse certo alcun bisogno di aiuto in quelle situazioni.

In realtà era tutto una specie di gioco che loro due mettevano in scena, a seconda delle occasioni. Si intendevano sempre spontaneamente sulle reciproche intenzioni di fare colpo o meno su qualche ragazza. Peccato che di solito il

34

meccanismo funzionasse molto meglio per Stefano che per Alex, ma in fondo questo non era poi così importante. Era comunque uno spasso per entrambi.

Prima di andarsene, verso le otto e mezza, Alex non chiese il numero di telefono a Margherita, anche se aveva avuto la vaga impressione di piacerle. Mentre si salutavano, si limitò a buttare lì un'altra frase di circostanza.

– Vabbè, magari una sera di queste ci si vede di nuovo... è stato un piacere. Alla prossima!

Così, dopo aver salutato Stefano e Nadia, si incamminò verso la metro per tornarsene a casa.

Con Stefano erano cresciuti insieme, sin da quando si erano trovati nella stessa classe in prima media, e Alex lo adorava. Avevano frequentato insieme anche il liceo scientifico e non avevano mai smesso di essere amici.

Stefano era esattamente l'opposto di Alex: forte, sicuro di sé, estroverso e attraente. Alex, dal canto suo non era certo brutto e nemmeno imbranato, ma le sue spalle cadenti e la sua aria trasognata non gli conferivano la stessa imponenza e sicurezza che trasmetteva, viceversa, il suo compagno di avventure. Perciò Stefano, rispetto a lui, riscuoteva senza dubbio più successo con le donne e con le persone in generale. Carabiniere ormai da cinque anni, era un ragazzo felice del proprio lavoro e della propria vita. Niente lo spaventava, sapeva sempre cosa fare e soprattutto cosa dire. Insomma, aveva tutte le doti caratteriali che mancavano ad Alex. Per questo motivo Alex lo ammirava, ma allo stesso tempo aveva sempre pensato che fosse sprecato per quella professione: era convinto che Stefano, con il suo spirito e le sue capacità, avrebbe potuto fare qualcosa di molto più creativo e magari avere una brillante carriera in ambienti molto più interessanti di quello.

35

Anche Stefano da parte sua era molto affezionato ad Alex, nonostante fossero così diversi. Anzi, forse proprio per questo aveva sempre provato un istinto di protezione nei confronti dell'amico, sin da quando a scuola aveva iniziato a difenderlo dai soliti deficienti che ovviamente prendono sempre di mira i tipi più inoffensivi.

Un minuto dopo, Alex stava scendendo le scale all'ingresso della metro quando, rallentando il passo, tirò il cellulare fuori dalla tasca e sorrise leggendo un messaggio appena arrivato da Stefano.

"Sei il solito pirla... A presto fratello!"

La Lu aveva appena messo in tavola una fettina di carne impanata con le patate fritte, il piatto preferito di Franci.

Lui stava seduto proprio sul bordo del divano, sporto in avanti e concentrato nel seguire le imprese dei protagonisti del suo cartone animato preferito, Dragon Ball.

– Dai Franci, guarda che è pronto, su!

– Un attimo. È quasi finita.

– Ma dai, lo puoi vedere anche mentre mangiamo. Anche se non stai con il muso appiccicato al televisore, tra l'altro. Su, che le patatine diventano fredde! Le ho fatte apposta per te, disgrasià!

Senza dire nulla, Franci si alzò dal divano e andò a sistemarsi al suo solito posto, a capotavola. Si stava già buttando sulle patatine mentre con un occhio continuava a seguire il suo cartone.

– Ehi, ti sei lavato le mani?

– Eee...

– Eee cosa? Non te lo fare ripetere ogni volta Franci, lo sai, no? Dai, sbrigati.

Francesco temporeggiava perché non voleva perdersi gli ultimi momenti della puntata per andare in bagno a lavarsi

36

le mani, ma un tratto il televisore si ammutolì. Era la Lu che aveva tolto l'audio.

Teneva sempre il telecomando a portata di mano e non lo lasciava mai a Franci. Non le piaceva l'idea che si rimbambisse davanti alla TV.

– Mamma!

Lei non rispose. Indicò semplicemente il bagno. Franci sbuffò e corse a lavarsi le mani.

La Lu si stava per sedere a tavola, ma sentì la suoneria degli sms provenire dal cellulare e tornò a prenderlo sulla mensola della cucina. Era lui.

"Anche tu mi manchi, ma non so se riesco a vederti domani sera. Ti faccio sapere. Un bacio."

Rimase delusa, non tanto per la risposta, ma per il tono. Era stato stranamente freddo.

Poi si mise a sedere e si versò un goccio di vino mentre aspettava che Franci tornasse dal bagno.

Cinque

Sabato mattina, alle otto, Alex era già in piedi.

Doveva fare un po' d'ordine in casa, aveva la spesa da fare e qualcosa da stirare. Voleva riuscire a fare tutte queste cose prima di pranzo, perché nel pomeriggio doveva vedere la Lu e Franci.

Viveva da solo e di solito non si aspettava di ricevere gente durante il weekend, ma non gli piaceva l'idea che la casa fosse un totale casino. Perciò almeno il sabato si costringeva a fare un minimo di pulizie.

Passò così la mattinata, immerso nelle sue faccende domestiche e pseudo tali. Verso mezzogiorno, stava rincasando in macchina, con la spesa fatta, quando gli squillò il cellulare. Era Pietro, suo fratello.

– Ehi brother!

– Ma-va'-a-dar-vi'-el-ciap! – Questo era l'affettuoso saluto che Pietro gli riservava spesso, quando si telefonavano.

– Beh?! Come stai? Ti avrei chiamato io più tardi.

– See... ma finiscila... comunque tutto bene, e tu? Che stai facendo?

– Sono in macchina e sto rientrando a casa con la spesa.

– Ma guarda che fratello ci devo avere io! Scommetto che ti sei alzato con le galline per fare i tuoi lavoretti in casa... al tuo posto io, i lavoretti, li farei nel letto! Anzi, più che altro, me li farei fare.

– Ma, di' un po', mi hai chiamato per prendermi per il culo? – Rispose Alex ridacchiando.

– Te lo meriteresti! Senti, che fai domani? Vieni a mangiare da noi?

– Dipende cosa cucina il babbo.

– Pizzoccheri a raffica!

– Grande!

– Sì, ma dopo pranzo stai lontano dal divano e soprattutto dalla TV, che ce ne andiamo a fare un giro... ok?

– Lo credo bene! Senti, è lì papà?

– Sì, te lo passo, ci vediamo domani.

– Ok, ciao.

Alex sentì Pietro chiamare il papà per dirgli di prendere la telefonata e attese in silenzio per qualche attimo.

– Ué, barlafüs!

– Ciao pa', tutto bene?

– Sì, grazie, non c'è male, e tu?

– Tutto ok. Domani pizzoccheri, allora?

– Sì, non c'è bisogno che mi ringrazi... ma dimmi la verità, dove lo trovi un padre come me che ti dà certe soddisfazioni? Eh?

– È proprio quello che mi stavo chiedendo.

– A proposito, dov'è che sei?

– Sono in macchina, ho fatto la spesa.

– Ti pareva... ma è mai possibile che di sabato mattina non ti troviamo mai nel letto con una bionda?

– Insomma, vi siete messi d'accordo voi due per stracciarmi i maroni stamattina?

– Beh, cosa vuoi? Sono solo un padre che si preoccupa, com'è giusto che sia...

– Perché non pensi invece a farti scaldare il tuo di letto ogni tanto!

– E chi ti dice che non ci penso?

– E allora son contento per te.

– Sul serio? Dimmi la verità, e se avessi davvero una ragazza? Non è che incominceresti a fare il rompiballe?

Quando suo padre, Bernardo, iniziava una domanda con "dimmi la verità", significava che la domanda stessa suggeriva di per sé la risposta che si aspettava. Perciò in quei casi la verità non aveva molto a che fare con quello che voleva sentirsi dire.

– Io? Ma ti pare... Ma perché me lo chiedi? – Alex fu d'un tratto incuriosito dall'argomento.

– Era così, tanto per dire... Ci vediamo domani, ok?

– Ok, babbo! A domani, ciao.

– Ciao ciao.

Alex mise giù il telefono e rifletté per un attimo, chiedendosi se Bernardo fosse stato serio con quella domanda e se avesse davvero una donna. Si rispose subito di no, perché suo padre sapeva perfettamente che a lui la cosa non avrebbe creato nessun problema; in fondo era già successo più di una volta in passato. Perciò in tal caso non avrebbe avuto alcun motivo per nascondersi. Dopo tutto, a lui ogni tanto piaceva far discorsi campati per aria.

Tra l'altro, uno come Bernardo non doveva far molta fatica per trovare donne con cui uscire. Nonostante avesse due figli dell'età di Alex e Pietro, era certamente un bel tipo. Capelli brizzolati, occhi scuri, fisico asciutto e un look sempre molto curato: un single ancora appetibile, seppure non più giovanissimo.

Alex andava quasi tutte le domeniche a casa di suo padre. Più che altro per stare un po' con suo fratello, che rimaneva per la maggior parte del tempo in casa, suo malgrado.

Pietro aveva venticinque anni ed era tetraplegico ormai da quasi otto. A diciassette anni aveva avuto un incidente con lo scooter.

Era maggio. In pieno giorno, tornando da scuola, finì addosso a un'auto che non si era fermata allo stop. Una semplice distrazione. Quando si svegliò in ospedale, dopo tre giorni di coma, Pietro era paralizzato quasi completamente dal collo in giù.

All'inizio era stata davvero dura per tutti loro, ma col tempo lui era riuscito a trovare un certo equilibrio e di conseguenza anche il resto della famiglia aveva fatto lo stesso.

Quest'ultima era composta solamente da Bernardo e i suoi due figli. La madre dei ragazzi, Ornella, era scomparsa molto giovane, a causa di un cancro al fegato che non le aveva dato scampo. All'epoca, Pietro aveva solo tre anni e Alex sette.

Per quanto la loro storia potesse sembrare triste, loro tre avevano sempre avuto un irriducibile entusiasmo verso la vita. Persino Pietro, nella sua condizione, era una delle persone più positive che si potesse pensare di conoscere. Aveva sempre affrontato tutti i suoi guai con un coraggio da leone.

Da un paio d'anni il ragazzo aveva anche migliorato significativamente la qualità della sua vita grazie a uno strumento chiamato "casco a connessioni neurali". Era stato da non molto introdotto sul mercato, in America, e Pietro era dovuto andare proprio negli Stati Uniti per qualche settimana, accompagnato dal padre, in modo da farne realizzare uno per sé. Il casco a connessioni neurali era in grado di leggere i segnali delle onde elettromagnetiche generate dal cervello di chi lo indossa e tradurli in comandi da impartire a un computer o a una macchina, come nel caso della sedia a rotelle per un disabile.

Il casco di Pietro era perciò stato messo a punto per far funzionare proprio la sua sedia. In pratica, quando voleva muoversi, gli bastava fissare fermamente lo sguardo su un punto preciso verso il quale voleva dirigersi e pensare di raggiungerlo. La sedia a quel punto si metteva in moto e si spostava, riuscendo persino ad aggirare dei piccoli ostacoli, come fanno le auto che parcheggiano da sole. Insomma, un piccolo grande miracolo tecnologico.

Per fortuna Bernardo era di buona famiglia ed era un ingegnere chimico di successo. Lavorava da parecchi anni per una grande azienda petrolifera. Perciò non si era mai dovuto preoccupare molto dei soldi e tutto quello che era possibile fare per suo figlio fu fatto.

Con quel casco a connessioni neurali, Pietro poteva quindi deambulare senza problemi, ma non solo: usando anche dei comandi vocali, era in grado di rispondere e chiamare con il telefono che era completamente integrato nel casco, così come lo erano il citofono, i comandi della TV, del computer e diversi altri strumenti che utilizzava quotidianamente.

Tutto questo rendeva la sua vita di tutti i giorni molto più interessante e appagante, o forse solo più sopportabile, ma in ogni caso migliore. E di certo, insieme alla sua, era migliorata di conseguenza anche la vita delle persone che gli stavano vicino.

Grazie a quello strumento e alla sua forza di volontà che faceva diventare normali anche le cose che non lo erano affatto, Pietro guardava ormai al presente, e persino al futuro, con un'invidiabile serenità. E, con lui, anche suo padre e suo fratello.

Quel pomeriggio, Alex uscì di casa verso le tre meno un quarto per incontrarsi con la Lu e con Franci.

Si erano dati appuntamento proprio davanti al Castello Sforzesco, perché a Francesco piaceva molto quel posto. Da lì avrebbero passeggiato, prima nel cortile del castello e poi per il parco Sempione, come avevano fatto altre volte.

Quando Francesco vide arrivare Alex, gli corse incontro gridando – Alex! Alex! – e lui lo prese in braccio come al solito, stampandogli subito un sonoro bacio sulla guancia.

– Ehi, campione! Come stai? Eh? Mamma mia se mi sei mancato!

– Anche tu mi sei mancato! – Rispose Francesco tenendolo stretto.

Luisa nel frattempo raggiunse i due con calma e abbracciò Alex dandogli un bacio su una guancia.

– Ciao, bell'uomo! Come stai?

– Non c'è male, dai, e tu?

– Insomma... anche se 'sto disgraziato mi fa disperare ultimamente.

– Non ci credo! Tu? – e così dicendo Alex guardò Franci dritto negli occhi.

Lui non rispose, ma si mise a ridere da sotto il cappello di pile blu con tanto di paraorecchie e visiera.

– Eh già, c'è poco da ridere – Aggiunse Luisa, tutta imbacuccata dentro a un cappottino nero, tipo Montgomery, con un cappello di lana color panna, abbinato ai guanti e alla sciarpa che avvolgeva il suo collo sottile.

Luisa era una ragazza molto carina, pur non essendo un tipo appariscente. Aveva un fisico esile, ma non troppo, e ben proporzionato. I suoi occhi chiari risaltavano in mezzo al viso dalla carnagione scura e ai capelli neri. Suo figlio non aveva preso da lei quegli occhi, ma le assomigliava comunque moltissimo.

– Dai, andiamo a farci due passi così mi raccontate un po' di cose, tutti e due. Okay?

Dicendo questo, Alex mise a terra Franci e si fece dare la mano prendendo sotto braccio anche la Lu. Tutti insieme s'incamminarono verso il grande ingresso del Castello Sforzesco, allontanandosi dal rumore delle auto, per ripararsi nell'antica atmosfera del cortile.

44

Luisa e Alex si erano conosciuti ai tempi dell'università, durante una festa in un centro sociale. Lei frequentava la facoltà di Belle Arti e lui quella di Ingegneria. Ebbero subito una breve storia che finì, però, quasi più velocemente di com'era iniziata. A quel tempo nessuno dei due aveva in testa di mettersi in una relazione seria. Alla lunga, comunque, riuscirono a rimanere amici perché avevano parecchie cose in comune. Una delle quali era il senso dell'umorismo. Ridevano sempre tantissimo insieme.

Col tempo, la loro amicizia e la loro complicità erano a volte finite per diventare un problema. Non tanto per loro stessi, ma per alcuni dei rispettivi partner con cui si erano trovati nel corso degli anni. Eppure nessuno dei due aveva mai voluto cambiare il modo di comportarsi con l'altro soltanto per compiacere un fidanzato geloso o una fidanzata sospettosa.

L'unica eccezione la Lu sarebbe stata disposta a farla con quello che avrebbe potuto essere il padre di Franci.

Lui lavorava nel settore del turismo, come "area manager" per conto di un tour operator, e a quel tempo era troppo preso dalla sua carriera. Non avrebbe permesso a niente e a nessuno di fermare la sua corsa. Nemmeno a un figlio in arrivo. Così, quando lei rimase incinta, le chiese di rinunciare al bambino. Lei non fu esattamente d'accordo. Fine della storia.

La Lu, inoltre, era troppo orgogliosa e sicura di sé per pretendere qualsiasi tipo di sostegno. Lui da parte sua non si fece pregare e sparì per sempre, come se niente fosse. Il tutto con buona pace di Luisa, che ringraziò il suo bambino, non ancora nato, per avergli fatto scoprire con che razza di stronzo aveva avuto a che fare.

In pratica Alex era per quel bambino ciò che più si avvicinava a una figura paterna e la cosa non gli dispiaceva affatto. Adorava letteralmente Francesco. Ci teneva a sapere sempre come stava, cosa faceva e come andava a scuola. E gli mancava davvero, quando non riuscivano a vedersi per molti giorni. Era un po' come giocare a fare il papà, ma senza essere veramente confinato nella vita familiare.

Fecero una lunga passeggiata, giocando con Franci e parlando del più e del meno.

Nonostante il freddo e le tracce ancora evidenti di recenti nevicate, quel sabato pomeriggio il parco Sempione era piuttosto affollato da gente di tutti i tipi, sportivi e no, che facevano jogging, andavano in bici o passeggiavano semplicemente come loro. La temperatura superava di pochi gradi lo zero, ma c'era comunque un bel sole che invogliava a stare in giro.

Quando arrivarono dalle parti dell'Arco della Pace, s'infilarono in un bar per scaldarsi con una cioccolata calda. Si sedettero a un tavolino al centro dell'accogliente saletta in stile Pop art.

Mentre Franci era intento a cercare di bere la sua cioccolata, senza scottarsi la lingua, Alex chiese alla Lu – Fai qualcosa stasera?

– Verrà mia madre a cenare da noi. Porterà una torta per Franci. Niente di che... non sto uscendo molto ultimamente.

– Come mai?

– Non lo so. Non ne ho una gran voglia. – Rispose lei con aria vagamente assente.

– Ehi! Guarda che se mi diventi una mummia mi tocca presentarti qualche amico mio.

– No, no, per carità! Mi ci manca solo questo...

– Come sarebbe? Lo sai benissimo che ti porterei il fior fiore di Milano! – La guardò con un sorriso ironico.

46

– Sì... la Milano da bere! Ma va' a ciapa' i rat! – concluse lei sghignazzando e voltandosi a osservare Franci che soffiava sulla sua tazza di cioccolata.

– Dai, davvero. Come mai non stai uscendo? – Adesso lui aveva un tono più serio.

– Così, non c'è un motivo. Sono un po' stanca. Anche se a dire il vero, da un po' di tempo, ci sarebbe un tipo... – Quest'ultima frase quasi la sussurrò e non la finì, per non far capire a Franci di cosa stava parlando.

– E cosa aspettavi a parlarmene? – Proseguì lui con lo stesso tono bisbigliante.

– Beh, finora non c'è stata l'occasione di parlartene. Le ultime volte che ci siamo visti, te avevi le tue preoccupazioni, per il lavoro eccetera...

Alex era veramente sorpreso. Era la prima volta che la Lu non gli aveva raccontato di una sua storia fin dall'inizio.

Tra l'altro, ebbe nettamente l'impressione che lei avesse di proposito tirato fuori questo argomento in presenza di Franci. Era evidentemente un modo per mostrarsi giustificata a non entrare nei dettagli. Pensò che questo non fosse da lei. La Lu era sempre stata trasparente come l'acqua nei suoi confronti.

– E allora quando me lo fai conoscere? – Incalzò Alex sottovoce.

– Boh, dai, vediamo... se capita l'occasione.

– E facciamola capitare allora. – Voleva vedere fino a che punto lei riusciva a essere evasiva.

– È un tipo piuttosto impegnato. Ma vedrai che prima o poi qualcosa la organizziamo di sicuro. Stai tranquillo.

– Lo spero per te! – Concluse Alex, accennandole un sorriso.

A quel punto entrambi tornarono a prestare attenzione a Franci, che nel frattempo aveva già fatto fuori mezza tazza e aveva già le labbra completamente cerchiate dalla cioccolata.

47

Un minuto dopo l'aveva già finita.

– Accidenti, se t'è piaciuta! – Fece Alex a Franci.

Il piccolo annuì sorridendo e dopo un attimo guardò la madre con espressione smarrita. – Devo andare al bagno!

– E allora vai... anzi, quasi quasi, ci vengo pure io.

Così si alzarono entrambi dalla sedia guardandosi intorno in cerca della toilette. La cameriera, passando da lì proprio in quel momento, gli fece un cenno indicandogli il piccolo corridoio che iniziava vicino all'angolo opposto della sala.

– Guardi, da quella parte.

– Grazie mille.

Alex rimase da solo al tavolo a pensare se fosse il caso di insistere sulla storia del nuovo ragazzo della Lu oppure no. Era un po' deluso dal fatto che le avesse nascosto questa cosa.

È proprio strana... chissà perché non me ne vuole parlare? In fondo non sono mai stato troppo critico nei confronti degli uomini con cui si è frequentata da quando ci conosciamo. Insomma, a parte qualche eccezione. Ma in quelle occasioni ero solo stato sincero. Le ho detto le mie impressioni e niente di più. Cavolo, lo sa quanto le voglio bene... Spero solo sia un tipo a posto. Anche per Franci...

E se fosse qualcuno che conosco? Questo spiegherebbe tutto, ma sarei ancora più deluso dal fatto che non me ne abbia parlato prima. Mah...

Era completamente assorto in questi suoi pensieri, quando Franci e la Lu tornarono al tavolo trovandolo fermo a fissare il vuoto.

Stava lì seduto, con la mano sinistra appoggiata sopra la testa a stringere un ciuffo dei suoi scompigliati capelli castani, mentre dondolava lentamente il capo in maniera quasi impercettibile. Aveva sempre avuto il vizio di assumere quella posizione quando era un po' triste o pensieroso.

Sia la Lu sia Franci conoscevano quel gesto, ma mentre lei sapeva che era un sintomo di preoccupazione, al bambino sembrava solo un buffo modo di fare e si mise a ridere, come tutte le volte in cui gli capitava di vederlo così. Alex si risvegliò sentendo la risata di Franci e si voltò verso di loro.

– Che c'è? – Chiese Luisa.

– No, niente. A proposito, che ore sono?

Lei guardò l'orologio al polso.

– Uh! Quasi le sei! Bisogna che andiamo, Franci.

Usciti dal bar, presero tutti e tre il tram 1, che li avrebbe portati di nuovo in piazza Castello, e lì si salutarono.

– Beh, sentiamoci presto allora. Così mi racconti un po' di robe... okay? – Fu il saluto di Alex alla Lu, che annuì sorridendo.

Dopo di che si chinò, abbracciò forte Franci e gli diede un bacio.

– A presto, campione.

Sei

Erano quasi le cinque del pomeriggio ed Enzino era appena uscito di casa, quando gli arrivò un messaggio sul cellulare. Era Toffee: "Dimmi dove sei che passo".

Casa sua si trovava in una traversa di via Giambellino. Nella zona lo conoscevano quasi tutti, almeno di vista, ma pochi sapevano il suo nome, perché Enzino non era un tipo di tante parole. Anzi, era talmente taciturno che c'era persino chi credeva fosse una specie di sordomuto o di ritardato.

Chi lo conosceva bene, come Toffee ad esempio, sapeva però che non era per nulla così. Se non altro, questa sua parvenza faceva gioco a uno come lui che, nonostante avesse appena quattordici anni, era già abituato a vivere di espedienti. Non aveva molti amici e, tra l'altro, non sentiva il bisogno di averne.

Era cresciuto in una famiglia che si faceva fatica a definire tale. Forse per questo sembrava avere da sempre un istinto di sopravvivenza che lo portava a ignorare tutto quello che invece riempiva le giornate dei ragazzi della sua età. Quasi come se non avesse mai tempo da perdere, si concentrava solo sulle cose o sulle persone che poteva sfruttare per tirare avanti, per procurarsi dei soldi.

La gente che gli stava intorno non lo comprendeva e nemmeno si sforzava di farlo. Perciò Enzino si accontentava di sopravvivere in quella sua dimensione di quasi completo anonimato.

51

Eppure Toffee, a modo suo, gli voleva bene sul serio. In fondo, quel ragazzino era come lui diciotto anni prima.

Il suo vero nome era Fiorenzo, ma tutti lo avevano sempre chiamato Enzino e a lui non dispiaceva.

Suo padre non lo aveva mai conosciuto. Sua madre, Marina, fra un bicchiere e l'altro, riusciva a malapena a essere abbastanza lucida da tenersi un lavoro come donna delle pulizie in un albergo in zona Lotto. Quel posto le permetteva di pagare, quasi ogni mese, l'affitto del trilocale in cui vivevano. Due camere più soggiorno con angolo cucina, che cadevano tutti a pezzi.

A scuola ci andava ancora e l'anno prima era persino riuscito a conseguire il diploma di terza media. Dopo di che, la madre era riuscita a convincerlo a iscriversi all'istituto tecnico. Finora, però, quel suo primo anno di scuola superiore non lo aveva preso molto seriamente.

Faceva davvero fatica a considerare lo studio come un'opportunità e passava buona parte dei suoi pomeriggi in compagnia di Toffee. Loro due stavano bene insieme e Toffee lo considerava ormai come una specie di fratello minore.

Si erano conosciuti in circostanze a dir poco particolari, un paio di anni prima.

Era estate. Toffee doveva comprare un panetto di fumo da un tipo che stava confinato ai domiciliari in un vecchio condominio di via Montecuccoli.

Lo chiamavano "lo Sceicco" perché una volta aveva cercato di mettere in piedi una truffa spacciandosi per un arabo.

Verso le nove di sera, Toffee si era presentato alla porta di quell'appartamento, al secondo piano, dove lo Sceicco lo aveva accolto in mutande, canottiera e borse sotto gli occhi.

– Credevo non venissi più.

– Disturbo?

– No, entra.

La casa non era come Toffee se l'aspettava. Vecchia e mal ridotta, ma stranamente ordinata. Probabilmente se ne prendeva cura la ragazza albanese che se ne stava spaparanzata sul divano a guardare *Paperissima*.

Toffee seguì lo Sceicco che si trascinava verso la cucina. I due si sedettero al tavolo e lo sceicco chiese alla ragazza di portar loro delle birre. Lei si alzò sbuffando.

Il suo nome era Jenny, o perlomeno così la chiamava lui. Era una ragazzotta sui venticinque, piuttosto bassa, con un faccione pallido e due grosse tettone strette in un reggiseno che traspariva chiaramente sotto la leggerissima maglietta di cotone bianca. I pantaloncini, rosa e aderenti, le mettevano in evidenza i fianchi larghi e le gambe corte.

Toffee cercò di rifiutare per non perdere tempo.

– No, grazie, non fa niente. Ho un po' di fretta.

Lei, come se non avesse nemmeno sentito, arrivò in cucina, aprì il frigorifero e servì un paio di lattine di Dreher, lasciandole lì sul tavolo, insieme ai bicchieri. Il tutto senza dire una parola.

Lo Sceicco aprì una lattina, versò un po' di birra in entrambi i bicchieri e ne bevve un sorso.

Toffee era un po' nervoso. Sapeva che non c'era da star tranquilli nel fare certe commissioni in casa di uno che stava ai domiciliari, ma in quel periodo aveva bisogno di soldi più del solito e non poteva permettersi di fare troppo il difficile.

Lo Sceicco cercò di fare un po' di conversazione. Loro due si conoscevano da tempo, anche se non erano mai stati grandi amici.

– Tutto bene?

– Sì, grazie. Tu?

– Non c'è male. Hai visto qualcuno qua in giro?

– No.

– Dai, bevine un goccio. Fa un caldo...

Toffee si convinse, prese il bicchiere e buttò giù una sorsata, giusto per rinfrescarsi. In effetti quella casa era una sauna. C'erano due ventilatori accesi, uno in salotto e uno in cucina, ma servivano solo a far circolare aria calda e umida.

– Senti, dovrei andare... Ti dispiace?

Lo Sceicco allora si decise.

– Dammi un secondo.

Si sforzò di deambulare fino in camera sua. Si muoveva come uno zombie. Sembrava che ogni movimento gli costasse fatica. Tornò un minuto dopo, con quello che Toffee era venuto a prendere, e glielo diede.

Toffee si infilò il panetto nella tasca interna della giacca. Salutò lo Sceicco e Jenny, che nel frattempo era tornata a stravaccarsi sul divano, e se ne andò senza aspettare di essere accompagnato alla porta, anche perché nessuno dei due lo avrebbe fatto.

Sarebbe poi venuta un'altra persona a saldare i conti da parte del compratore. Per quella sera, Toffee era solo un fattorino.

Scese di fretta le scale senza prendere l'ascensore. Era appena uscito in strada quando si accorse che due tipi si stavano avvicinando a piedi. Capì subito di chi si trattava.

Quei due furono colti di sorpresa quanto lui nel vederlo spuntare e rallentarono di colpo il passo, fingendo di fare una chiamata col cellulare. Si guardarono in faccia e si scambiarono qualche parola sottovoce. Stavano decidendo cosa fare.

Nel frattempo, un terzo poliziotto osservava tutto da dentro un'auto parcheggiata dall'altra parte della strada.

Avrebbero dovuto beccare lui e lo Sceicco insieme, dentro casa, ma siccome Toffee era uscito prima che loro fossero saliti, avrebbero preso prima lui e la merce. Dopo di che sarebbero saliti dal padrone di casa.

54

Prima di fermare Toffee, però, avrebbero aspettato che si fosse trovato fuori dalla visuale delle finestre del palazzo perché lo Sceicco stava sicuramente guardando fuori per controllare la situazione. Non volevano che si accorgesse di quello che stava succedendo e riuscisse quindi a disfarsi in tempo dei soldi o di altra roba che teneva in casa.

Toffee decise in meno di un secondo. Si fermò, si cercò fra le tasche, come se avesse dimenticato qualcosa, e tornò sui suoi passi. Tutto questo, fingendo perfettamente di non aver nemmeno fatto caso agli sbirri.

Suonò al campanello dello Sceicco e si fece aprire. Sapeva che a quel punto gli sbirri avrebbero aspettato che lui tornasse dentro l'appartamento, per poi fare la loro entrata e beccarli tutti insieme.

Appena chiusosi il portone dietro di sé, Toffee scattò verso una porticina di ferro del sottoscala, al di là della quale un breve corridoio e qualche scalino portavano al cortile interno del condominio. Il cortile aveva un passaggio che conduceva a una piccola via sull'altro lato del palazzo. Il passaggio era chiuso da una ringhiera e da un cancello di ferro da dove si poteva entrare con le auto per accedere ai box seminterrati.

In pochi secondi, Toffee stava già scavalcando la ringhiera per buttarsi nella strada posteriore. Anche se la ringhiera era piuttosto alta, in cima aveva delle punte piegate verso il lato esterno. La cosa rendeva l'ostacolo più difficile per chi voleva entrare, ma lo rendeva allo stesso tempo più facile per chi voleva uscire arrampicandosi dall'interno.

Quando i poliziotti entrarono, e si resero conto che lo Sceicco e Jenny erano soli nell'appartamento, Toffee stava già sfrecciando fra le mura dei palazzi vicini.

A quel punto, il collega che era rimasto in auto partì da solo per tentare di bloccarlo.

Correndo come un pazzo, Toffee era arrivato in via Lorenteggio. Stava quasi pensando di avercela fatta, quando si accorse di non essersi ancora disfatto del panetto. In quel mentre, da un incrocio, a circa cinquanta metri, spuntò un'Alfa scura. L'auto accelerò di colpo non appena chi la guidava si accorse di lui. Allora si mise a correre ancora più forte, imbucando una traversa che proseguiva verso via Giambellino.

Fu in quel momento che un ragazzino di circa dodici anni, in jeans e T-shirt, uscì dal portone di un palazzo a pochi metri davanti a lui. Toffee non rallentò, ma guardò il ragazzo mentre gli stava per sfrecciare davanti, quasi sperando in un aiuto.

Il ragazzo ricambiò lo sguardo e ci mise un attimo a decidere cosa fare. Allungò di scatto una mano per fermare la porta che si stava richiudendo dietro di sé e con l'altra mano gli fece cenno di entrare.

Toffee frenò la corsa, guardò ancora negli occhi il ragazzo per un secondo e capì al volo che si poteva fidare. Così si fiondò nel portone e si nascose dietro la rampa di scale del palazzo.

Il ragazzo a quel punto uscì dal portone con aria disinvolta, proprio mentre l'auto alla caccia di Toffee era appena sbucata da dietro l'angolo.

Arrivata vicino a lui, la macchina inchiodò. Il tipo che la guidava, sporgendosi dal finestrino abbassato, gli gridò – Polizia! Dov'è quello che correva?

– Di là! Di là! – Il ragazzo indicò di svoltare a destra all'incrocio.

Lo sbirro ripartì a razzo.

Cinque minuti dopo, l'auto stava ancora girando intorno all'isolato.

Di Toffee non c'era più traccia.

E nemmeno del suo nuovo amico.

Da allora Toffee approfittò spesso della complicità di Enzino, ma allo stesso tempo cercava anche di prendersi cura di lui. Se lo portava volentieri in giro e cercava di evitare che frequentasse persone che potessero veramente sfruttarlo o farlo finire troppo facilmente nei guai. Non che lui stesso facesse una vita raccomandabile, ma per lo meno non lo avrebbe mai cacciato in situazioni troppo pericolose per un ragazzino della sua età e inoltre non avrebbe mai permesso che iniziasse ad assumere robaccia, come invece era successo a lui.

Gli trovava spesso qualcosa da fare ed Enzino non faceva mai troppe domande. Questa era una delle cose che Toffee apprezzava di più nel ragazzo. Enzino era molto sveglio e aveva imparato da solo come potersi arrangiare, evitando allo stesso tempo di essere troppo coinvolto in faccende più grandi di lui.

In fondo lui non s'illudeva di fare chissà quanti soldi, ma si accontentava di poco. E, per quel poco, accettava lavoretti che pochi adulti erano disposti a fare. Si rendeva conto, quasi sempre, di cosa rischiava e sapeva che non poteva fidarsi di nessuno. Era molto prudente. Per esempio, ogni volta che doveva incontrare qualcuno, non si faceva mai passare a prendere vicino a casa.

Usava la stessa regola anche per vedersi con Toffee, nonostante lui fosse un vero amico e sapesse benissimo dove abitava. Più che altro, faceva così perché non voleva che sua madre, o qualcuno del quartiere che la conoscesse, potesse fare caso alle persone che incontrava quando non era a casa o a scuola.

Così, un minuto dopo, Toffee ricevette la risposta di Enzino: "Piazza Napoli tra dieci minuti. Dal cinema."

Circa un quarto d'ora dopo, erano seduti insieme al tavolino di un bar, bevendo una birra e una Coca. Da dove si trovavano, potevano vedere le insegne luminose del cinema multisala di fronte a loro.

Enzino era molto alto per la sua età e le sue ginocchia ossute spuntavano fuori da sotto il tavolino, oltre che dalle scuciture dei jeans. Il viso magro, un po' brufoloso, e il naso a patata gli davano un'aria ingenua, e lungi da lui l'intenzione di trasmettere un'impressione diversa. Anche il suo modo di vestirsi era piuttosto anonimo: portava un giubbotto nero imbottito con il cappuccio, un paio di Levi's slavati e scuciti sul davanti e degli scarponcini chiari.

– Com'è andato il giro? – Fece Toffee.

– Bene. Zona tranquilla. Ho controllato quello che mi hai detto. Dentro non ci sono cani e le case intorno non sono troppo vicine. Ma ci sarà l'antifurto.

– No, non ci sarà. – Aggiunse Toffee.

– Come? E tu che ne sai?

– Non preoccuparti, Enzino. So cosa fare.

Ci fu un attimo di silenzio.

Enzino era sorpreso e si stava domandando cosa avesse in mente Toffee. Per come lo conosceva lui, era uno che non si prendeva mai dei rischi inutili. Questo era uno dei principali motivi per cui faceva molto volentieri i lavori che gli chiedeva. Anche in quel momento sembrava piuttosto tranquillo e sicuro di sé.

– A casa tutto bene? – Chiese Toffee cambiando discorso.

Enzino annuì.

– Hai bisogno di qualcosa?

– No, tutto okay.

– Andiamo al cinema?

– Cosa danno?

– Non so, vediamo. Ma dobbiamo andarci ora, perché stasera non ci sono.

– Va bene, dai.

– A proposito, grazie per l'aiuto. A cose fatte ci sistemia-

58

mo come al solito. – Toffee si alzò quindi per andare a pagare il conto ed Enzino gli andò dietro.

A loro due piaceva molto andare al cinema. Si vedevano insieme almeno un film alla settimana. Il biglietto lo pagava sempre Toffee per tutti e due.

Quando entrarono nella sala, mezza vuota, si erano appena spente le luci. Avevano scelto un film d'azione americano con Denzel Washington. Si sedettero nei primi posti liberi che trovarono a metà sala e si misero a mangiare popcorn aspettando l'inizio del film.

Stavano ancora passando i trailer delle altre pellicole quando Enzino si rivolse sottovoce a Toffee.

– Allora andate stasera?

– Sì, te l'ho detto.

– A che ora?

– Verso le nove e mezza.

– Chi ti porti?

– I soliti due.

– Senti, posso venire con voi?

– No.

– Perché? Dai, vi posso aiutare. Non voglio niente, solo per vedere.

– Per vedere cosa? Tu non devi mica metterti a fare queste robe. È già troppo quello che fai ora.

– Non ti fidi di me?

– Senti, non ho voglia di spiegarti! Scordatelo! Intesi?

Enzino non rispose.

Un attimo dopo, una voce fuori campo introduceva la prima scena e non si parlarono più per quasi tutto il resto del film.

Circa due ore più tardi, Rico si stava dirigendo verso casa di Tozzi, al volante della sua vecchia Golf nera, ascoltando

59

per la milionesima volta un Cd masterizzato dei Queen che teneva in macchina praticamente da sempre.

Frugando nervosamente con una mano nella tasca della portiera, fra pacchetti di sigarette vuoti, fazzoletti di carta usati, monete e altra utilissima roba, cercava un pacchetto di chewing-gum che secondo lui doveva essere rimasto in macchina. Ma la ricerca non ebbe successo.

Era nervoso e di pessimo umore. Non era per nulla convinto del lavoro che dovevano fare quella sera e cercava di pensare a un pretesto per tirarsi indietro all'ultimo momento.

D'altra parte, pensava anche al fatto che quella sarebbe stata l'ultima volta che faceva un lavoro con quel tossico di Toffee e non vedeva l'ora di togliersi dalle palle quell'ultimo fastidio.

Tozzi lo stava già aspettando sotto casa da qualche minuto. Rico lo vide sul marciapiede, accostò e lui entrò in macchina tutto infreddolito.

– Brrrr.

– Lo hai sentito?

– Sì, passiamo a prenderlo a casa. Hai le solite cose dietro nel baule?

– Sì, certo.

Per quasi un minuto non dissero altro, mentre le voci di Freddie Mercury e David Bowie rimbombavano dalle casse dell'auto cantando la solita *Under Pressure*.

– Figa, ma come cazzo si fa a entrare in una casa alle nove di sera? Eh? Me lo dici? – Sbottò Rico.

– E che ne so! Il problema è che non ha voluto spiegarci niente.

– Beh, adesso ce lo dovrà dire per forza e se non mi convince, io mi giro e me ne vado! E comunque sia, questa è l'ultima volta che facciamo qualcosa insieme a lui!

– Già – Fu la risposta di Tozzi, che annuì incrociando lo sguardo di Rico.

Non parlarono più fino a quando non arrivarono sotto casa di Toffee. Rico si fermò in doppia fila proprio sotto il portone e Tozzi scese dall'auto per citofonare. Suonò all'interno di Toffee e risalì subito in macchina.

Qualche minuto dopo, Toffee uscì dal portone del palazzo e salì in macchina, sul sedile posteriore, salutato dal ritornello di *The Show Must Go On*.

– Ma non ti rompi mai le palle di sentire sempre 'sta roba?

Aveva appena tirato forte di cocaina e si vedeva.

Rico, che nel frattempo si era acceso una sigaretta, lo guardò dallo specchietto retrovisore senza rispondere. Mise in moto e ripartì.

Sette

La cena cucinata da Bernardo era stata a base di pasta con gamberetti e zucchine ed era terminata con un budino al cioccolato per il quale Pietro andava matto.

Stavano giusto finendo di mangiare in soggiorno, mentre guardavano tranquilli il telegiornale delle venti e spiluccavano un po' di uva. Bernardo aveva lasciato mezzo piatto di pasta, invece Pietro si era spazzolato tutto senza problemi.

– Ué, hai lasciato tutta quella roba... Hai iniziato la dieta?

– Mmm... Non ho molta fame stasera. E poi lo sai che la Clara cucina sempre qualche schifezza che poi mi vuole far assaggiare a tutti i costi. A proposito, sei sicuro di non voler venire? Non mi hanno raccomandato altro di portare anche te... è un po' che non vieni a trovarli.

– No, pa', non ho proprio voglia stasera di uscire, con 'sto freddo...

– E a mi ti me 'l dis...

– Me ne resto qua e mi guardo un film. Salutameli, mi raccomando.

– Come vuoi.

– E digli che sarà per la prossima volta, okay?

– Ooo-kay.

Quando fu finito il TG, Bernardo sparecchiò in fretta la tavola da pranzo, diede una rapida pulita e riempì la lavastoviglie. Pietro nel frattempo incominciò a consultare la guida dei programmi di Sky per scovare qualche buon film.

Anche nel guardare la televisione, il casco lo aiutava davvero. Usare il classico telecomando gli sarebbe costato altrimenti una certa fatica. Infatti, attraverso la fisioterapia, col tempo Pietro aveva solo parzialmente recuperato la mobilità delle braccia, delle mani e delle dita. Proprio per questo, sarebbe stato meglio per lui sforzarsi di usare il più possibile gli arti superiori. Doveva cercare di stimolare costantemente la muscolatura, ma faceva già parecchio esercizio durante il giorno e la sera aveva solo voglia di rilassarsi.

– Dimmi la verità, vuoi mica che resto a casa stasera?

Bernardo era ancora in cucina e parlava a voce alta, per farsi sentire da suo figlio in soggiorno. Ovviamente, quella non era una domanda del tutto sincera. Più che altro era un gesto di cortesia nei confronti di Pietro. In pratica, si aspettava di sentirsi dire: "No, ci mancherebbe! Vai tranquillo!".

La risposta di Pietro fu ancora più sbrigativa: – Vai, vai...

Un quarto d'ora dopo, Bernardo era già pronto per uscire e Pietro si era già sistemato al suo solito posto nel salottino per guardarsi un film con uno dei suoi attori preferiti, Nicolas Cage. Era la terza volta che vedeva quel film, ma in genere preferiva guardare un vecchio film cui era affezionato, piuttosto che uno nuovo che, a istinto, non lo convinceva.

– Dovrei stare via solo un paio d'ore o poco più... se hai bisogno, chiamami, okay?

Bernardo era appena uscito dalla propria camera. Aveva indosso un paio di pantaloni beige, delle scarpe sportive scure e una bella giacca nera che aveva comprato la settimana prima in un negozio di corso Vercelli.

– Uelà! Stai bene!

– Lo so, grazie – Rispose con tono soddisfatto il padre.

– Te mica me la racconti giusta stasera.

64

– Eh, come no... Vado, che sennò faccio tardi. Se c'è qualcosa, chiama, okay?

– Tranquillo. Buona serata. Ehi, a proposito, domattina mi tagli i capelli? Ce li ho già troppo lunghi.

– Va bene, domani ti faccio il servizio completo: barba e capelli! Ciaoo.

– Ciao.

Da quando portava il casco a connessioni neurali, Pietro aveva deciso di tenere i capelli completamente rasati. Non era una cosa necessaria, ma gli sembrava che, con il casco in testa, i capelli lo ingoffassero soltanto e lui teneva molto al suo aspetto. Rasato, inoltre, aveva l'impressione di avere la testa più leggera. Infatti, l'unico inconveniente del casco era che gli appesantiva la testa, nonostante fosse sottilissimo, flessibile e fatto di materiali superleggeri, tanto da renderlo molto più simile a una cuffia. Per questo ogni tanto doveva toglierselo e far riposare i muscoli del collo che altrimenti finivano per indolenzirsi.

Tra l'altro non stava affatto male anche senza capelli. Visto però che ci teneva a non avere un'aria da malato terminale, si faceva spesso delle lampade per mantenere almeno un colorito più vivo.

Non assomigliava molto a suo fratello. Avevano gli stessi occhi scuri, ma i lineamenti del suo viso erano abbastanza pronunciati e più duri di quelli di Alex. Tutto sommato, era sempre stato un tipo piuttosto carino e, se non fosse diventato tetraplegico, avrebbe avuto ancora un fisico davvero invidiabile.

Prima dell'incidente aveva sempre fatto dello sport, in particolare nuoto, a livello agonistico. Inoltre gli piacevano i motori e come meccanico sapeva il fatto suo. Sapeva persino suonare la batteria. Insomma, non era mai stato un tipo sedentario.

Anche dopo l'incidente non aveva comunque rinunciato a tenersi impegnato. Aveva fatto di necessità virtù e si era appassionato alla lettura, a Internet e ad altri interessi per i quali in passato non aveva mai avuto predisposizione.

Il film stava per cominciare.

Clara era in camera che stava finendo di cambiarsi, quando sentì il citofono suonare. Erano da poco passate le nove.

– Dev'essere Berny! Apri tu?

Nessuna risposta.

– Ivoo?!

– Sìì... Sto aprendo!

Il cancelletto pedonale si aprì. Bernardo attraversò il cortile e trovò il suo migliore amico ad accoglierlo sulla porta di casa.

– E Pietro?

– Non è venuto. Era un po' stanco e non aveva molta voglia di uscire. Sai com'è, lui la sera patisce un po' il freddo... Comunque si scusa e vi saluta tanto. Ha detto che verrà la prossima volta.

– Di nulla, pazienza.

Si strinsero la mano e Ivo fece accomodare Bernardo che si tolse la sciarpa di lana e si sbottonò il giaccone mentre camminava verso il salotto.

– E la Clara?

– Arriva, arriva. Sarà in bagno. Dammi la tua roba.

I due si sedettero sul divano, aspettando Clara. Ivo era in jeans, pantofole e un maglioncino col collo a V. In casa indossava più o meno sempre le stesse cose. Era un tipo piuttosto abitudinario.

– A proposito, come vanno le cose?

Bernardo parlava sottovoce per non farsi sentire da Clara.

66

– Insomma, sempre così... ci stiamo provando, ma litighiamo spesso. Non so se ne usciamo. Questi tre giorni sulla neve non è che siano stati un successone. Vedremo.

– Mi dispiace.

Un attimo dopo, Clara fece la sua entrata in salotto e andò incontro a Bernardo mentre finiva di legarsi i capelli con un elastico. Era in ottima forma, come sempre. Aveva sempre fatto sport, fin da ragazza, e non aveva mai smesso. Il suo fisico alto e slanciato era messo in risalto dai pantaloni e dal maglioncino aderenti. Il suo viso aveva dei tratti un po' spigolosi, ma i grandi occhi verdi rispecchiavano il suo carattere dolce e solare, dandole un fascino molto particolare. Mentre la salutava con un abbraccio, Bernardo si chiese per l'ennesima volta come facesse Ivo a non andare d'accordo con una donna come lei.

– Claretta!

– Ah, eccolo lì! Come stai, belé? Stasera ho fatto una cosina che mi devi assaggiare per forza... Lo sai che conto su di te, vero?

– Lo so, lo so...

Per Bernardo, Clara aveva un solo difetto che risultava davvero "indigesto": la passione per la cucina. Ogni volta che lui andava a trovarli, non poteva sottrarsi a quei suoi esperimenti che, a onor del vero, davano anche dei risultati eccellenti, ma non sempre. E lui non se la sentiva mai di deluderla.

Pietro era completamente preso dal suo film, quando si sentì all'improvviso infreddolito da una leggera corrente d'aria fredda, come se si fosse aperta per un attimo una finestra o una porta.

Abbassò il volume del Dolby Surround. Nessun rumore. Restò in attesa per qualche secondo. Nulla. Guardò l'orologio. Erano le nove e mezza, appena passate.

Pietro stette ancora con l'orecchio teso per alcuni secondi e nel frattempo rifletté su che cosa avrebbe potuto far arrivare quella corrente d'aria fredda.

Non c'erano molte possibilità. Forse un colpo di vento avrebbe potuto spalancare una finestra lasciata socchiusa per sbaglio, magari in cucina o in bagno. Per facilitarlo nei movimenti, non c'erano praticamente porte chiuse fra gli ambienti della casa, quindi una sola finestra aperta, in qualsiasi stanza, avrebbe fatto arrivare aria dappertutto. Con il freddo che c'era fuori, però, era difficile pensare che Bernardo si fosse scordato una finestra aperta.

Rimaneva una sola alternativa e l'idea lo stava già spaventando. Era ancora indeciso su cosa fare, quando un'ombra si mosse, uscendo da un angolo della parete all'ingresso del salotto. Gli si gelò il sangue nelle vene, ma ebbe la lucidità e la prontezza di riflessi per riuscire a pronunciare con un filo di voce le parole – Chiama ora, 112 –, sperando che il riconoscitore vocale integrato nel suo casco ricevesse il comando e facesse partire la telefonata.

Un attimo dopo fu abbagliato dalla luce improvvisa della lampada principale del salotto, o forse dalla paura di scoprire chi avesse premuto l'interruttore.

Pietro aveva il cuore in gola. Era totalmente in preda al panico. Poi riuscì a mettere a fuoco l'immagine di quelle tre sagome che gli erano apparse davanti e allora la paura fu ancora più grande. Ebbe solo l'istinto di gridare, o perlomeno di provarci: – Oooh! Viaaa!

Portavano tutti e tre un passamontagna nero e dei guanti da lavoro aderenti, di quelli da giardinaggio. Due erano di statura medio-bassa e di piccola corporatura, mentre il terzo, alle spalle dei primi, era magro, ma nettamente più alto. Quest'ultimo teneva in mano un borsone vuoto, enorme, probabilmente uno di quelli che servivano come custodia per tende o altre attrezzature da campo.

Una voce quasi felina gli parlò. Proveniva da uno dei due intrusi a lui più vicini.

– Calmati!

Aveva accompagnato l'ordine con un gesto della mano.

Pietro non ebbe il coraggio di dire nulla per alcuni secondi e poi rispose con voce tremante.

– Prendete quello che volete... e andatevene.

– Sappiamo noi cosa fare! – Aveva parlato lo stesso tizio di prima, che subito dopo si rivolse ai suoi compagni.

– Voi andate! Io sto qua con lui.

Gli altri due si guardarono negli occhi per un attimo, dopo di che, senza dire una parola, si avviarono verso gli altri locali della casa, mentre lui rimase nel salotto, in compagnia di Pietro, con il chiaro scopo di tenerlo a bada.

Pietro cercò di raccogliere le idee, ma era troppo terrorizzato. Il cuore sembrava scoppiargli in petto dalla paura, ma ebbe lo stesso il coraggio di rivolgere ancora la parola a quel tipo che gli stava di fronte. – Sta per tornare mio padre. È qua vicino... a Trezzano!

– Tuo padre?!

– Ss... sì! Sarà qua a momenti!

– Ma tu lo sai chi sono io?

Bernardo stava guardando le foto che Ivo aveva scattato a Cortina con la sua Reflex e nel frattempo mangiava una fetta dell'ultima creazione di Clara: torta di zucca, o meglio, una sua personalissima versione che, fortunatamente, non era affatto male.

– Hai capito? In tre giorni che siamo stati lì, il tuo amico, quando non sciava per conto suo, passava il tempo a fare foto. E ne avesse fatta una a me... – Clara commentava così, con tono polemico, le foto che Ivo faceva scorrere sullo schermo del 32 pollici ultrapiatto davanti al quale si erano raccolti a chiacchierare.

– E capirai... Ma ti pare che fotografo te, che ti vedo tutti i giorni?

– Ecco! Proprio quello che una donna vuole sentirsi dire. Non trovi, Berny? – Concluse Clara.

Bernardo sorrise senza rispondere, approfittando di avere la bocca piena.

– Com'è la torta? Ti piace? – chiese lei.

– Mmm... È la fine del mondo! Ma dimmi la verità, Ivo... Ti rendi conto della fortuna che hai ad avere una moglie come la Claretta? Non solo ti sopporta, ma ti cucina sempre un sacco di cose buone!

– Ma guarda che le cucina per te! Mica per me!

L'uscita di Bernardo avrebbe voluto ammorbidire i toni fra Ivo e Clara, e invece aveva chiaramente sortito l'effetto opposto.

Un quarto d'ora dopo, Rico e Tozzi avevano finito di riempire il borsone e le loro tasche con tutti gli oggetti di valore trasportabili che erano riusciti a trovare: un computer portatile, un televisore a Led da 28 pollici, un lettore Cd/Dvd, un decoder satellitare, un modem Adsl, due altoparlanti, un paio di cinture da uomo, alcune cornici d'argento, due paia di gemelli per polsini, un orologio da polso, un paio di braccialetti d'oro bianco e d'argento, una collanina d'oro e duecentocinquanta euro. Gli oggetti più delicati erano stati avvolti con delle coperte e delle lenzuola e il borsone era stato ulteriormente imbottito con dei cuscini. Così riempito, dovevano portarlo in due.

Quando tornarono in salotto si trovarono davanti a una scena a dir poco surreale. Ci misero alcuni secondi per metterla a fuoco.

Toffee si era tolto il passamontagna. Al suo posto indossava quella specie di cuffia che il ragazzo paraplegico aveva in testa quando erano entrati. La sedia sembrava impazzita. Andava avanti e indietro, in tutte le direzioni, sbattendo continuamente fra i mobili e le pareti. La cosa però ancora più strana, era che i movimenti della testa di Toffee sembravano accompagnare quelli della sedia.

Era lui che apparentemente la faceva muovere, come un bambino che giocava con una macchina radiocomandata. E mentre lo faceva, rideva come un pazzo.

Rico e Tozzi non capivano per quale motivo Toffee si stesse accanendo contro quel poveretto e non sapevano assolutamente cosa fare. Erano impietriti da quella scena assurda. Era chiaro che il ragazzo soffriva a ogni singolo urto della sedia, ma evidentemente non voleva dare la soddisfazione a Toffee di umiliarsi chiedendogli di smettere. E lui non smetteva.

Alla fine fu Rico a fermarlo.

– Piantala!

Toffee distolse finalmente l'attenzione da Pietro, si voltò verso i suoi compagni, e la sedia si fermò di colpo. Ci fu qualche attimo di silenzio.

Il ragazzo prese fiato. Vide loro due che tenevano quel borsone nero, gonfio di roba, e si sentì sollevato nel constatare che avevano probabilmente finito il loro lavoro. Quindi guardò Toffee, con occhi pieni di disprezzo. – E ora vattene, figlio di puttana!

A quel punto la rabbia affiorò all'istante sul volto di Toffee. La sentì scaturire dalla testa e irradiarsi sul collo e sulle spalle, per poi scivolare giù lungo il corpo, fino alle gambe. Fino alle dita dei piedi. Fino a quando non perse completamente il controllo.

Con gli occhi iniettati di sangue, senza dire una parola, si avventò di colpo sul ragazzo e, sfogando tutta l'ira che aveva in corpo, spinse di lato la sedia, rovesciandola con violenza contro il tavolino di vetro che si trovava al suo fianco.

Rico e Tozzi non potevano credere a quello che vedevano e non fecero nulla per fermarlo.

– Nooo! – Il ragazzo fece appena in tempo a gridare, un attimo prima di schiantarsi, con tutta la sua sedia a rotelle contro il tavolino, che si frantumò in un botto fragoroso.

– E tu? Quand'è che ti fai una vacanza? – Chiese Clara a Bernardo. Lui stava sorseggiando il limoncino, fatto ovviamente da lei.

– Beh, non lo so. A dire il vero un paio di miei colleghi mi hanno proposto di andare con loro in barca a vela, a giugno. È una cosa che mi incuriosisce. Non l'ho mai fatta, ma dev'essere divertente.

– Bello! E allora vai! Su!

– Eh, sai, devo vedere come fare con Pietro...

– Dai, sono sicura che a Pietro farà piacere se ti fai una bella vacanza. E poi per qualsiasi cosa ci siamo noi.

A quel punto Ivo si inserì nel discorso. – Se la cosa ti fa stare più tranquillo, posso dormire a casa tua, mentre tu sei via. Non c'è problema.

– Certo. Possiamo anche venire tutti e due. Pietro ha comunque l'accompagnamento, di giorno, giusto? – Aggiunse Clara.

– Grazie, ragazzi. Comunque sono sicuro che sarebbe Alex, per primo, a voler stare con Pietro, nel caso servisse.

– E allora? Che problemi ti fai? Fra tutti noi, non ci sarà alcun problema ad aiutarlo.

– Lo so, Ivo. Il fatto è che non vorrei pensasse che ho bisogno di una vacanza "da lui". Capite quello che voglio dire?

– Sì, va bene, ma guarda che tuo figlio è una persona molto intelligente e secondo me è sicuramente consapevole che tu puoi sentire il bisogno di staccare, senza per questo doverti sentire in colpa.

– Forse hai ragione. Non lo so.

Clara appoggiò una mano sulla spalla di Bernardo.

– Beh, capisco come ti senti, ma sono d'accordo con Ivo.

Il ragazzo era immobile, incastrato fra il peso della sedia a rotelle e i resti del tavolino spaccato. C'erano pezzi di vetro dappertutto. La sua testa era chinata da un lato in posizione innaturale, con gli occhi sbarrati, ma ancora vigili. Una grossa punta di vetro rotto gli si era infilata nel collo dal quale usciva sangue in abbondanza. Respirava ancora.

Rico e Tozzi erano disgustati da quella scena.

– Cristo! Ma che cazzo hai fatto?!

Toffee non fece nemmeno caso alle parole di Rico. Era ancora fuori di sé. Stava lì, a bocca aperta, con il respiro affannoso. I suoi occhi, ancora pieni di rabbia, fissavano il ragazzo. Restò in quello stato ancora qualche secondo, ma poi sembrò tornare in sé e si guardò intorno, accorgendosi finalmente dei due compagni. Li vide con il "bagaglio" pronto e capì che il loro lavoro era finito.

– Andiamo! Andiamo! – Sibilando queste sole parole, si mosse verso l'uscita, facendo cenno agli altri due di seguirlo.

– Merda! – Fu l'unica cosa che Tozzi riuscì a dire prima di darsi una mossa.

Rico si accorse che Toffee stava uscendo dalla casa con quella cuffia ancora indosso. Avrebbe voluto fargliela mangiare.

– Per Dio, togliti quel coso dalla testa!

Lui non lo ascoltò e si affacciò dalla porta di casa per guardare se ci fosse movimento di persone fuori dal cortile. Era tutto tranquillo. Premette quindi il pulsante del citofono che apriva il cancelletto pedonale, fece un altro cenno e tutti e tre attraversarono il cortile per uscire infine in strada ed infilarsi in auto al volo.

Rico si mise al volante, accese il motore e partì di corsa, stando bene attento, però, a non far fischiare le ruote sull'asfalto. In giro non c'era anima viva.

Lo stereo dell'auto si accese automaticamente.

73

"...I want to break free
I want to break free from your lies
You're so self satisfied, I don't need you
I've got to break free
God knows, God knows I want to break free...

Bernardo era proprio sulla soglia di casa mentre finiva di rivestirsi per uscire. Clara teneva in mano una grossa fetta di torta, avvolta nella carta stagnola, e quando lui fu pronto gliela diede.

– Spero che piaccia anche a Pietro.

– Io invece spero di no. Così me la mangio io.

Clara rise.

– Grazie ancora per la serata, ragazzi, e grazie per la torta, Cla. Scusate se scappo, ma lo sapete, devo dare una mano a Pietro a mettersi a letto.

Ivo salutò Bernardo con una pacca sulla spalla. – Ma figurati! È sempre un piacere averti qui. Mi dispiace, piuttosto, che non sia venuto anche lui, ma ci contiamo per la prossima volta, okay?

Poi Clara lo abbracciò e lo baciò sulle guance.

– Salutacelo tanto, mi raccomando.

– Sarà fatto. Ci sentiamo, allora. Buonanotte.

Ivo e Clara, senza farlo apposta, risposero praticamente in coro: – Buonanotte, Berny.

Lui rise. – Carini... Siete proprio un amore. Ciao!

– Ciao – Di nuovo in coro.

Bernardo rise ancora, si voltò e si incamminò per il vialetto che portava fuori dal cortile.

Otto

Il cellulare vibrava nel taschino interno della giacca. Alex, lo tirò fuori e guardò il display: "Daddy".

Era appena uscito dalla pizzeria Il Principe, in via Savona, con gli amici della palestra. Pensò subito che l'orario era insolito per ricevere una telefonata da suo padre. Si allontanò di qualche passo dal gruppo e rispose.

– Ehi, pa'?

Dall'altro capo della linea, la voce tremolante e affannata di Bernardo lo sorprese.

– Alex! A...ascoltami! Sono in un'ambulanza, con Pietro. Lo stiamo portando al San Paolo. L'hanno... l'hanno aggredito... qualcuno è entrato in casa!

– Ma... come, "aggredito"? Cosa gli hanno fatto?

– Non lo so! È ferito! È successo mentre io ero fuori casa, da Ivo. Vieni all'ospedale, presto!

Alex, rimase in silenzio per un paio di secondi, cercando di capacitarsi di quello che aveva appena sentito.

– Mi senti? – Riprese Bernardo.

– Sì... Va bene, arrivo! Ma... Non posso parlargli adesso?

– No, non puoi... sta male! Vieni subito!

Alex si sentì girare la testa.

– Sì, ci vediamo là!

Chiuse la telefonata. Avrebbe voluto sapere di più, ma suo padre gli aveva fatto capire che non c'era tempo da perdere al telefono. Ciò poteva significare solo una cosa: suo fratello era in pericolo di vita.

In quel momento, uno dei suoi amici, Giorgio, venendo verso di lui, lo vide in faccia e capì immediatamente che era successo qualcosa di grave.

– Oh! Alex! Che succede?

Alex alzò gli occhi e, con un'espressione terrorizzata, rispose – Devo andare all'ospedale San Paolo. Mio fratello...

Giorgio lesse chiaramente il panico sul suo volto – Oddio, che è successo?

– Non lo so. Devo andare!

– Okay, ti porto io! Aspetta un secondo!

Così dicendo Giorgio si avvicinò a una delle ragazze del gruppo, Vittoria, che stava ridacchiando a pochi passi da lui e le sussurrò qualcosa all'orecchio. Lei rimase a bocca aperta per un attimo, dopo di che si voltò di scatto verso Alex, come se stesse per chiedergli qualcosa, ma poi, vedendolo in faccia, ci ripensò e disse sottovoce a Giorgio – Vai, vai... io torno con la Robi, non preoccuparti. Fatemi sapere, mi raccomando.

– D'accordo, grazie.

Giorgio e Alex lasciarono il gruppo correndo per raggiungere l'auto parcheggiata in una traversa poco distante. Quando salirono in macchina, il cuore di Alex batteva così forte da sentirselo quasi scoppiare in petto.

"...Somehow I have to make this final breakthrough, Now!"

I bassi di *Breakthru* facevano vibrare le casse dello stereo mentre Rico, guidando sulla tangenziale, prendeva l'uscita San Siro.

– E allora? Si può sapere che cazzo ti ha preso? L'hai ammazzato, quello! Ti rendi conto?

76

Rico era fuori di sé. Era successo di nuovo. Era morta un'altra persona e ancora una volta senza uno straccio di motivo. Si sforzava di mantenere gli occhi sulla strada mentre urlava contro Toffee che era seduto nel sedile posteriore.

– Ma che cazzo ti dice il cervello! Io non voglio finire nella merda per colpa tua! Hai capito?

– Non mi rompere i coglioni, Rico! È andata così! Mi ha fatto incazzare!

– E ti pare una ragione questa? Cristo! Era su una sedia a rotelle!

– Ma a te che cazzo ti frega? Eh?!

– Che mi frega?! Ma ti sei rincoglionito?

– Senti, adesso piantala! Io ne ho le palle piene! Di tutti e due! – E dicendo così Toffee guardò per un attimo anche Tozzi. Lui fino a quel momento era stato zitto, ma dalla sua faccia si capiva che era sconvolto almeno quanto Rico.

– Okay, l'hai detto tu. Sai che facciamo ora? Ti lascio sotto casa, ti prendi quel cazzo di borsone e te ne vai! Con noi hai chiuso! Io e Tozzi ci teniamo quelle quattro cose che ci siamo infilati in tasca e ognuno per i cazzi suoi.

– Ecco! Sarà la volta buona che vi levate dalle palle. Io vi cago in testa a tutti e due! Sfigati che non siete altro!

Tozzi guardò Rico, aspettandosi che dicesse qualcosa, ma lui si morse le labbra e non reagì. Rico era furioso per quello che era successo, ma allo stesso tempo si rendeva conto che aveva raggiunto il suo scopo, anche se non nel modo in cui avrebbe voluto. Lo avrebbero mollato quella sera, una volta per tutte, e questo gli bastava.

Ciò nonostante c'erano un paio di cose che ancora non riusciva a spiegarsi.

La prima di queste era come mai Toffee accettasse così di buon grado di rompere con loro. Soprattutto con Tozzi. In fondo con lui si era sempre trovato bene. Si poteva dire che fossero quasi amici.

Inoltre, anche se non gli fregava più niente di stare con loro, era ovvio che gli avrebbe fatto comodo tenerseli buoni per continuare a fare qualcosa di tanto in tanto. Lasciandoli così, invece, avrebbe dovuto ricominciare da capo e trovarsi qualcun altro con cui lavorare. O forse lo aveva già?

Il secondo aspetto che non gli tornava era perché non si preoccupasse di verificare che cosa c'era nella borsa e che cosa invece si sarebbero tenuti loro due. Per quanto ne sapeva lui, avrebbero potuto avere in tasca anche un mucchio di contanti e Toffee era un tipo piuttosto preciso quando si trattava di soldi.

Gli venne il dubbio che, seppure facesse finta di niente, questa volta Toffee fosse rimasto scosso da quello che aveva fatto e probabilmente non si sentiva così sicuro di sé come voleva far vedere. La spiegazione più semplice, però, era che fosse talmente bruciato da tutta quella coca da non focalizzare più gli aspetti pratici delle cose. Non era più lucido. Ragione in più per sciogliersi da lui definitivamente.

Tozzi restava immobile e continuava a guardare con la coda dell'occhio il volto di Rico. Non aveva capito perché non avesse reagito, ma voleva assecondarlo, e inoltre non aveva il coraggio di rispondere a Toffee che era chiaramente fuori di sé. Preferiva far calmare la situazione. Anche lui, arrivati a quel punto, sperava soltanto di toglierselo di torno il prima possibile e i suoi insulti li poteva anche mandar giù. Ormai era chiaro che quello non ci stava più con la testa.

Non si dissero più nulla e nel giro di pochi minuti arrivarono sotto casa di Toffee, in viale Migliara. Si fermarono proprio a lato del marciapiede, vicino al portone del suo palazzo, nel parcheggio giallo dei disabili. Toffee si guardò un attimo intorno e poi, attraverso lo specchietto retrovisore, incrociò lo sguardo di Rico.

– Vedete di stare zitti! Mi sono spiegato? – Nel dire così, guardò negli occhi anche Tozzi, che ricambiò lo sguardo senza dire una parola.

– Ti credi che siamo scemi? – Rispose Rico.

Lui non disse nulla, ma sogghignò con fare ironico. Rico se ne accorse e si morse le labbra per l'ennesima volta. Poi Toffee uscì dall'auto tirandosi dietro quella pesantissima sacca. Non appena chiuse la portiera, l'auto ripartì, nel mezzo dell'assolo di chitarra di *Innuendo*.

Senza esitare proseguì verso l'ingresso del palazzo trascinando il borsone con una mano sola. Nell'altra teneva la cuffia che aveva preso al ragazzo.

Nell'autoambulanza, Bernardo stava seduto in un angolo, immobile, osservando i movimenti di quelle persone che cercavano di mantenere in vita suo figlio.

Pietro era sdraiato sulla lettiga con gli occhi chiusi, una flebo attaccata al braccio, un tampone sulla grossa ferita al collo e una mascherina sulla bocca collegata a un palloncino che veniva premuto con frequenza regolare da un infermiere. Altri attrezzi erano attaccati al suo corpo per monitorarne il battito cardiaco e la pressione. Intanto la dottoressa controllava la reazione della pupilla.

Quella visione riportava Bernardo al giorno dell'incidente di Pietro e sentiva di avere ancora più paura di quella volta. Ormai era in stato di shock, si stava irrigidendo sempre di più. A guardarlo sembrava impossibile che quella stessa persona, solo un minuto prima, avesse avuto la lucidità di telefonare a suo figlio Alex per avvisarlo e farlo correre all'ospedale.

Restò così, inebetito, fino a quando si accorse di un gesto della dottoressa. Era successo qualcosa. Poi sentì una parola che lo terrorizzò ancora di più.

– Defibrilliamo!

Sentì un dolore lacerante proprio in mezzo al torace. Per un attimo pensò di essere lui stesso in preda a un arresto cardiaco. Fece uno sforzo incredibile per non perdere i sensi e, tenendosi il petto con una mano, continuò ad assistere impietrito alle procedure di rianimazione che venivano applicate al figlio.

Il defibrillatore, una volta preparato, funzionava quasi da solo. Analizzava le condizioni del battito in pochi secondi, si caricava e infine invitava l'operatore a premere il pulsante per rilasciare la scarica. Il tutto si ripeteva ciclicamente in maniera meccanica.

Primo ciclo. Secondo. Terzo.

L'unica cosa che Bernardo riusciva a fare era fissare il volto di Pietro sperando di scorgere anche il pur minimo segno di reazione, magari qualche impercettibile contrazione delle palpebre o della fronte. Niente. E allora provava a osservare le mani, e poi le dita. Niente.

Quarto ciclo. Quinto.

Continuava a chiedersi quanto mancasse per arrivare all'ospedale e perché andassero così piano. Aveva quasi la sensazione che fossero fermi e a un certo punto volle guardare fuori dal finestrino per accertarsi che si stessero davvero muovendo. In realtà, l'ambulanza filava sulla strada più veloce che poteva.

Iniziò a tremare come una foglia. Sempre di più.

Arrivarono all'ospedale. Si fermarono proprio davanti al portone scorrevole del pronto soccorso. Le porte dell'ambulanza si aprirono. Scesero tutti e Pietro fu portato via di corsa, insieme a quel garbuglio di strumenti, tubi e fili, a lui agganciati.

80

Bernardo si accodò alla barella, seguendola fino all'ingresso della sala di rianimazione dove, a quel punto, un infermiere lo costrinse a fermarsi.

Durante quei dieci minuti di tragitto in auto, Alex pensò diverse volte di richiamare il padre per sapere cosa stava succedendo, ma non trovò il coraggio di farlo. Aveva troppa paura della risposta e preferì aspettare di arrivare e vedere di persona come stavano le cose. Era solo questione di minuti. Se suo fratello non ce l'avesse fatta, non avrebbe voluto saperlo per telefono.

Giorgio fermò l'auto proprio davanti al vialetto pedonale che portava al pronto soccorso. Alex aprì la portiera e si gettò fuori, iniziando a correre come un disperato per raggiungere l'ingresso dell'edificio.

Passò in mezzo a un gruppetto di persone, fra cui un ragazzino con un braccio ingessato, che uscivano dal pronto soccorso. Due di loro dovettero scansarsi bruscamente per evitare di essere travolti da Alex. Lui quasi non se ne rese conto.

Arrivato davanti alla porta scorrevole, dovette frenare il passo di colpo per non sbatterci contro, prima che si aprisse abbastanza da poterci passare. Infine entrò e si guardò intorno. Suo padre era lì.

Era seduto da solo, in un angolo. Piegato in avanti, con la testa fra le mani.

– Papà!

Bernardo sollevò il volto rosso e coperto di lacrime e lo sguardo del figlio incontrò inevitabilmente il suo.

Ci fu un secondo di silenzio e poi Alex parlò.

– Dimmi che non è vero!

Bernardo non disse nulla.

– No, no, no... – Alex scuoteva la testa mentre i suoi occhi non si staccavano da quelli di suo padre, – No, no, noo!

La risposta di Bernardo fu solamente un incomprensibile lamento di disperazione.

Alex sentì la testa girare, le braccia e le gambe afflosciarsi, senza che lui potesse opporvi resistenza, e poi le ginocchia sbattere contro il pavimento freddo.

Rimase così, in ginocchio. I suoi occhi, imploranti, continuavano a fissare quelli di suo padre, rassegnati.

Pietro non c'era più.

Nove

Stefano aveva ancora il fiatone per quanto aveva corso dal parcheggio fino all'ingresso. Erano quasi le due di notte e Alex lo aveva chiamato circa mezzora prima per dirgli quello che era successo e per chiedergli di raggiungerlo all'ospedale.

Alex aveva bisogno di averlo al suo fianco in quel momento. Sperava che il suo migliore amico potesse essere più lucido di quanto lo erano lui e suo padre. Inoltre, sul posto stavano per arrivare i carabinieri e aveva pensato che, essendo Stefano uno di loro, la sua presenza lo avrebbe aiutato ad affrontare tutto quello che sarebbe venuto in seguito. Non aveva nulla da nascondere, ma immaginava che non sarebbe stato facile affrontare i colloqui con i carabinieri, le loro domande e tutto il resto.

Pietro era già stato portato nella camera mortuaria, dove il personale di servizio stava sistemando la salma. Fuori dalla porta, Alex e Bernardo stavano seduti in silenzio l'uno a fianco all'altro.

Quando Stefano entrò, li trovo lì in quel corridoio. I loro occhi erano gonfi per quanto avevano pianto e i loro volti distrutti.

C'era anche Giorgio, seduto accanto ad Alex, con le braccia conserte. Anche lui era scosso e visibilmente stanco. Lui non aveva mai conosciuto Pietro, ma di certo non doveva essere sta-

83

to facile accompagnare di corsa un amico in ospedale, in piena notte, per scoprire che gli avevano appena ucciso il fratello.

Conosceva però Stefano, così quando lo vide lo riconobbe e richiamò l'attenzione di Alex.

Vedendolo arrivare dal fondo del corridoio, Alex si alzò e gli andò incontro con passo lento. Quando furono l'uno di fronte all'altro, si fermarono, guardandosi negli occhi per un attimo e poi si abbracciarono. Nessuno dei due poté trattenere il pianto. Nemmeno Alex che di lacrime ne aveva già versate tante nelle ultime ore.

Bernardo notò l'arrivo di Stefano, ma non ebbe la forza di alzarsi per salutarlo. Era ancora completamente sotto choc.

Stefano si staccò da Alex e si avvicinò a Bernardo accovacciandosi per poterlo salutare da vicino. Gli mise un braccio intorno alle spalle, ma lui non ebbe alcuna reazione.

Stefano riuscì solo a dire: – Mi dispiace, – mentre cercava di trattenere nuovamente il pianto, senza riuscirci. Poi si sollevò e con calma prese da parte Alex.

Provò a farsi spiegare meglio quello che era successo. Alex gli disse quello che sapeva, che per la maggior parte gli era stato riferito dal padre. Bernardo li sentì parlare, ma non intervenne affatto nella conversazione. Era totalmente distaccato dall'ambiente circostante. Non faceva altro che continuare a fissare il vuoto, inebetito, senza dire una parola.

Pochi minuti dopo arrivarono i carabinieri.

Furono in due a entrare, ma fuori dall'ospedale c'era una seconda auto, oltre alla loro, con altri due colleghi.

Il più alto in grado, avvicinandosi, riconobbe Stefano e si rivolse immediatamente a lui, con aria preoccupata. – Ehi, ciao.

– Ciao, Di Donna.

– Ma... è un tuo parente?

84

– Un caro amico. – Stefano fece cenno ad Alex di avvicinarsi. Persino Bernardo trovò finalmente la forza di alzarsi dalla sedia e si trascinò verso di loro.

Fecero le presentazioni e i due carabinieri porsero le loro condoglianze. Il carabiniere amico di Stefano, Di Donna, aveva un forte accento romano.

Dopo aver chiesto il permesso a un infermiere, si sistemarono in un piccolo stanzino, a metà del corridoio, dove c'erano un tavolo e un paio di sedie. Presero i dati di Pietro e dei suoi familiari e iniziarono a parlare di quello che era successo. Con quel poco di lucidità che gli era rimasta, Bernardo riferì loro come e quando aveva trovato il figlio in casa, in fin di vita.

A quel punto i carabinieri iniziarono a organizzare la loro attività. Dovevano naturalmente fare un sopralluogo iniziale a casa di Bernardo, dove Pietro era stato aggredito. Bernardo avrebbe voluto rimanere nella camera mortuaria con Pietro, ma era importante che accompagnasse i carabinieri. Viceversa, Alex voleva assolutamente andare con loro per saperne di più su quello che era successo. Inizialmente i carabinieri cercarono di convincerlo a rimanere in ospedale, ma con l'aiuto di Stefano ottenne di farsi portare.

Anche a Stefano fu concesso di andare con loro.

– Allora seguiteci pure, vi portiamo tutti noi. Abbiamo le auto qua fuori. Mi dispiace mettervi fretta, ma per noi è importante fare subito il primo sopralluogo. Vi aspetto qua fuori, okay? Grazie.

Di Donna si incamminò verso l'uscita.

Stefano lo lasciò allontanare e poi si rivolse ad Alex e Bernardo.

– Tutto a posto? Ve la sentite?

Alex annuì e poi andò a salutare Giorgio.

– Noi andiamo. Non so come ringraziarti, Gio.

– Non dirlo nemmeno. Era davvero il minimo. Mi raccomando, fatti forza, okay?

– Ci provo.

I due si scambiarono un abbraccio e infine Giorgio salutò tutti, rinnovando le condoglianze.

Bernardo diede uno sguardo sconsolato verso la porta della stanza dove si trovava Pietro. Alex lo prese con delicatezza per un braccio e gli sussurrò: – Dai, torniamo subito, appena finito con i carabinieri.

Bernardo non rispose, abbassò gli occhi e si lasciò portar via da Alex, incamminandosi con lui e Stefano verso l'uscita.

Neanche ad Alex piaceva l'idea di lasciare Pietro da solo, ma voleva a tutti costi partecipare a quella prima ispezione per vedere coi suoi occhi quello che era successo. D'altra parte, era ancora notte e in camera mortuaria non sarebbe comunque stata necessaria la loro presenza prima del mattino. Solo allora avrebbero chiamato un'agenzia di servizi funebri per iniziare a occuparsi di tutto quanto andava fatto, sempre che i carabinieri non avessero nel frattempo disposto per un'autopsia.

Erano circa le tredici e trenta. Enzino suonò due volte e dovette aspettare più di un minuto prima di sentire la sottile voce di Toffee, sporcata dal gracchio del citofono. – Chi è?

– Sono Enzino, mi apri?

Il portone si aprì ed Enzino salì al secondo piano per raggiungere l'ultima porta in fondo al pianerottolo. Toffee, ancora in mutande, se n'era andato in bagno, dopo aver afferrato un fagotto di indumenti ammucchiati su una sedia. Aveva lasciato la porta di casa socchiusa.

Enzino entrò e chiuse la porta. La casa era in uno stato ancora peggiore del solito. Dal cucinino proveniva una leggera puzza di qualcosa andato a male. Si chiese se fosse l'accozzaglia di roba sporca nel lavandino o direttamente il frigorifero

86

a mandare quell'odoraccio, ma preferì non scoprirlo e se ne allontanò il più possibile.

Andò vicino alla finestra con la tentazione di aprirla per cambiare quell'aria viziata. Poi si diede un'occhiata intorno preoccupato. Casa di Toffee non era mai stata uno specchio, ma in uno stato così pietoso non si ricordava di averla ancora vista.

Notò quasi subito un borsone molto grande e pieno di roba. Dall'aspetto doveva essere anche piuttosto pesante ed Enzino capì subito che quello era il risultato, o perlomeno una parte, del lavoro della sera precedente.

Sul tavolo della cucina c'era appoggiata una foto in una piccola cornice. Si avvicinò per guardarla bene. C'erano due ragazzi e un signore più anziano abbracciati insieme. Non li conosceva. Però era strano, pensò. In casa di Toffee non aveva mai visto una foto prima di allora. Di nessuno.

Subito dopo si accorse di un altro oggetto molto più strano. Era appoggiato sulla poltrona proprio davanti al televisore, insieme a una copia di "Metro News" del giorno prima. Sembrava una specie di cuffia imbottita. Gli fece venire in mente per un attimo quelle che aveva visto usare da certi giocatori di calcio che avevano subito dei traumi alla testa. Però era diversa. Riuscì a intravedere l'interno della cuffia e si accorse che sembrava foderata con un materiale sintetico particolare.

Stava ancora cercando di capire cosa fosse, quando Toffee uscì dal bagno. Aveva un aspetto orribile: gli occhi arrossati, il segno del cuscino su una guancia e un'espressione stravolta sulla faccia.

Indossava la roba stropicciata che aveva raccolto dalla sedia poco prima: un paio di pantaloni di una vecchia tuta dell'Adidas e una felpa di cotone blu, scolorita, con la cerniera sul davanti.

Si sedette su una sedia appoggiandosi con un gomito al tavolo da pranzo, mentre si massaggiava il collo con l'altra mano.

– Ma eri ancora a letto?

– Non ho dormito per niente, stanotte. Mi sono addormentato che era già mattino. Che ore sono adesso?

– L'una e mezza passata. Ma com'è andata ieri sera? È successo qualcosa?

– Perché?

– Non lo so. Mi dici che non hai dormito... E hai una faccia...

– Tranquillo, niente di che.

– E quella che roba è? – Indicò la cuffia.

– Senti, ma che sei venuto a fare fin qua? Hai bisogno di qualcosa?

– Beh, no. Ero in giro... e volevo solo sapere com'era andata ieri sera. Tutto qui.

– Non ho voglia di parlarne. Ma con quei due coglioni ho chiuso. Comunque, se vuoi dare un'occhiata dentro la borsa, fai pure. Voglio che ti prendi qualcosa anche tu. È giusto. Mi hai dato una mano.

– Grazie, ma non ero mica venuto per questo.

In quell'istante, si sentì la suoneria del cellulare di Toffee provenire dalla stanza da letto.

– Ma chi è che rompe le palle?

Aspettò qualche secondo, poi si decise ad alzarsi per andare a rispondere. Mentre andava verso la camera, si voltò verso Enzino.

– Dai, guarda nella borsa intanto.

Quindi entrò in camera e raccolse il cellulare che stava sul comodino.

– Pronto.

– Perché? Bestia schifosa! L'hai ucciso! Hai capito? L'hai ucciso! – Dall'altra parte del telefono c'era la voce di un uomo fuori di sé.

88

– Ehi, senti... calmati! Io non volevo farlo secco! Mi ha fatto incazzare e...

– Cosa? Ma sei fuori di testa? Non poteva difendersi! E poi che cazzo ci facevi là dentro! Eravamo d'accordo che se avessi trovato qualcuno in casa avresti fatto marcia indietro.

– Embé?! Ho deciso di entrare lo stesso. E se non mi avesse fatto girare le palle sarebbe ancora vivo!

Abbassò il tono della voce mentre finiva la frase, ricordandosi che c'era Enzino in soggiorno, ma si stava già agitando.

– E poi che cosa ti scaldi? Tu non sei certo un santo! Le chiavi per entrare me le hai date tu, stronzo!

– Perché mi hai ricattato!

A questa frase, Toffee scattò come una molla. – Certo! Io non mi sono scordato quello che mi avete fatto... e nemmeno tu! Ma non vuoi che lo sappiano tutti, vero? E allora vaffanculo! – E mise giù il telefono.

Si accorse di aver alzato troppo la voce e pensò che Enzino probabilmente aveva sentito. Le mani avevano iniziato a tremargli per la rabbia e di colpo un forte mal di testa lo stava investendo, se lo sentiva nelle tempie che iniziavano a pulsare. Si sedette sul letto e provò a respirare profondamente. Doveva cercare di calmarsi prima di tornare in soggiorno.

Enzino aveva sentito quasi tutto quello che Toffee aveva detto al telefono, e aveva capito che la sera prima qualcosa era andata male. Qualcuno era morto. Non sapeva di chi Toffee stesse parlando al telefono, ma suppose che ad aver chiamato poteva essere stato proprio Rico, oppure Tozzi.

Quando ritornò in soggiorno, Toffee era ancora visibilmente nervoso. Enzino lo stava fissando perplesso, aspettandosi chiaramente che lui dicesse qualcosa a riguardo di quella telefonata.

Toffee comprese il suo sguardo e sbuffò.

– Senti, Enzino, tu lo sai che siamo amici, e di te mi fido, ma non posso raccontarti sempre tutto. Non questa volta, per lo meno.

Stettero in silenzio per qualche secondo. Toffee si accorse che Enzino era un po' spaventato, così pensò che fosse almeno il caso di tranquillizzarlo.

– Comunque, quello al telefono non era nessuno che conosci. Capito? Non preoccuparti.

Questo in realtà non tranquillizzò per niente Enzino che quindi provò a tirargli fuori qualcos'altro.

– Okay, Toffee, scusa, non saranno fatti miei, ma... ti ho sentito che dicevi di aver fatto fuori qualcuno.

– Ecco, lo hai appena detto. Non sono fatti tuoi. Comunque neanche quello era nessuno che conosci. Quindi non preoccuparti, d'accordo?

– Va bene, scusa.

– Hai guardato dentro la borsa?

– No.

– Vabbè, senti, fai come vuoi... io torno a letto, ho la testa che mi scoppia. Quando esci, chiudi la porta. Ci sentiamo, va bene?

– Okay.

Toffee in realtà preferiva stare da solo perché non voleva che Enzino gli facesse altre domande e perché non voleva rischiare di arrabbiarsi e trattarlo male. Ormai perdeva il controllo per un nulla, era un nervo scoperto. E soprattutto non lo voleva spaventare. Enzino era l'unica persona alla quale ancora tenesse.

Inoltre, sapeva che il modo migliore per farsi passare il mal di testa era un altro, ma era anche stanco e voleva davvero provare a dormire ancora, prima di farsi un'altra striscia che l'avrebbe tenuto sveglio per diverse ore. Così andò a buttarsi di nuovo sul letto e il suo amico rimase da solo nel soggiorno.

90

Enzino non volle guardare subito nel borsone. Gli cadde l'occhio su quel giornale appoggiato sulla poltrona. Era aperto, alla pagina della cronaca di Milano, e c'era un articolo su una ragazza uccisa due giorni prima, in una via non molto distante da lì.

Si domandò subito se non si trattasse della stessa persona della quale Toffee aveva parlato al telefono poco prima, ma lui aveva chiaramente inteso che si trattava di un uomo. Quindi, se non era tutta una coincidenza, era possibile che Toffee avesse a che fare con entrambe le morti.

Enzino però non riusciva a crederci. Sapeva benissimo come si guadagnava da vivere Toffee, ma non aveva mai pensato che fosse capace di fare certe cose. Era sempre stato convinto di conoscerlo fin troppo bene. Era come un fratello maggiore per lui.

Voleva capire qualcosa di più, così si decise ad aprire quella sacca e ci frugò un po' dentro, cercando di non fare troppo rumore, per non disturbare Toffee. Non ci trovò nulla di particolare. Solo cose che sarebbero potute essere state prese dalla casa di chiunque.

Lo richiuse e infine rivolse la sua attenzione verso quella strana cuffia, prendendola in mano. Passò le dita sulla superficie dell'imbottitura per sentire il materiale di cui era fatta. Sicuramente era stata portata via da quella casa insieme al resto della roba, ma non si spiegava come mai non fosse rimasta dentro il borsone e a cosa potesse servire.

Mentre cercava di intuire il motivo per cui Toffee l'avesse portata via, gli venne in mente un'idea agghiacciante.

E se l'avesse strappata via direttamente dalla testa di qualcuno? Quasi come fosse... Uno scalpo.

Al passare di quell'immagine nella sua mente, rigettò d'impulso la cuffia sulla poltrona. Forse era quello il motivo per cui la cuffia non stava insieme al resto della refurtiva.

91

Forse non aveva un valore materiale per Toffee. Era un fatto personale.

Enzino si rese conto che stava correndo troppo con la fantasia. In fondo, non era mica sicuro che quell'oggetto fosse stato preso da quella casa, né tanto meno che fosse appartenuto alla persona morta o che Toffee avesse davvero voluto uccidere qualcuno intenzionalmente o addirittura portarsi dietro un trofeo.

In ogni caso, comunque fosse andata la storia, non avrebbe cambiato le cose fra lui e il suo migliore amico. Toffee era l'unico che lo aveva sempre aiutato e sul quale poteva sempre contare.

Rimise la cuffia esattamente nella posizione in cui l'aveva trovata e se ne andò.

Dieci

Per fortuna di Alex e Bernardo, quella del sopralluogo era stata una faccenda più rapida di quanto si sarebbero aspettati.

Accompagnati da Stefano, erano stati portati dall'ospedale alla casa di Assago in pochi minuti, a bordo dell'auto del tenente Di Donna e dell'appuntato Amaducci, al volante. Insieme alla loro, c'era una seconda vettura con altri due carabinieri a bordo.

Una volta arrivati, fu ispezionata la casa, dentro e fuori; furono scattate foto praticamente dappertutto e venne abbozzata una prima ricostruzione dell'accaduto. I carabinieri condussero queste operazioni stando bene attenti a non toccare o alterare nulla di quell'ambiente.

Non fu facile per loro, ma Bernardo e suo figlio si sforzarono di essere il più possibile di aiuto ai carabinieri. Quando, due ore dopo, tutto fu concluso, entrambi erano forse ancora più sconvolti di prima.

Stefano spiegò loro che in realtà gli specialisti della sezione Investigazioni scientifiche sarebbero arrivati molto più tardi, per fare dei rilevamenti più approfonditi. Quello fatto insieme ad Alex e Bernardo era solo un primo doveroso controllo, durante il quale la loro presenza avrebbe potuto aiutare a indicare eventuali punti di attenzione sulla scena del delitto.

Inoltre, c'era un altro motivo per la loro partecipazione. Era importante che le impressioni delle persone legate alla vittima fossero raccolte a caldo, il più presto possibile, per sfruttare, oltre che i loro ricordi più chiari, anche le loro reazioni spontanee. Stefano era imbarazzato ad ammetterlo, ma i suoi colleghi non potevano escludere nessuna ipotesi a priori e, anzi, in questi casi gli stessi parenti possono essere fra i potenziali indiziati. In effetti, sembrava molto strano che dei ladri si fossero sentiti talmente minacciati o ostacolati da un uomo su una sedia a rotelle, da decidere addirittura di farlo fuori.

Ovviamente Stefano aveva spiegato queste cose ai suoi amici con molta discrezione. I suoi colleghi certo non avrebbero apprezzato il fatto che lui mettesse in guardia in quel modo i diretti interessati. Ma probabilmente alcuni di loro fecero solo finta di non capire quello di cui Stefano parlava sottovoce con Alex e suo padre.

Poi Alex e Stefano si erano fatti riaccompagnare alla camera mortuaria, dove più tardi avrebbero iniziato a ricevere le visite dei parenti e degli amici più stretti. Stefano restò con loro tutto il tempo.

I primi ad arrivare furono i nonni materni, Renzo e Teresa, insieme alla Lu. Erano molto anziani e, sebbene Renzo guidasse ancora tutti i giorni la sua vecchia e inossidabile Panda, quel giorno avevano accettato volentieri di farsi venire a prendere da Luisa.

La Lu era come una di famiglia e Alex si sarebbe sentito più tranquillo sapendo che li avrebbe portati lei. Da casa loro, a Nerviano, fino al San Paolo, c'era mezzora di strada e suo nonno si trovava sempre in difficoltà quando doveva venire a guidare dentro Milano. Quello era senz'altro il momento meno adatto per provarci.

Alex aveva trovato il coraggio di telefonare a Luisa intorno alle otto del mattino. Com'era naturale, la notizia fu

94

devastante anche per lei. Pietro non era solamente il fratello del suo migliore amico. Col tempo, infatti, era riuscita a conoscerlo quanto bastava per volergli bene come a poche altre persone. E non si trattava solo di empatia nei confronti di un ragazzo disabile.

Durante quella telefonata, ascoltò incredula le parole di Alex, sforzandosi di agitarsi il meno possibile, per non spaventare troppo suo figlio. Dopo essersi scrollata di dosso lo choc iniziale, si era offerta subito di passare a prendere i nonni di Alex prima di raggiungerlo in ospedale. Così loro tre erano stati i primi ad arrivare.

Quando si incontrarono nella camera mortuaria, la Lu lasciò che i nonni salutassero per primi Alex e Bernardo, rimanendo in disparte. In quel frangente, si mostrarono più forti di quanto lei pensasse. Anche davanti alla salma di Pietro riuscirono quasi sempre a mantenere i nervi saldi, nonostante tutto.

Luisa, che fino a quel momento era riuscita a contenere il suo sconforto, non fu altrettanto brava. Infatti, quando infine si trovò di fronte ad Alex, non poté trattenersi e scoppiò in lacrime, gettandogli le braccia intorno al collo, come una bambina. Stettero così, abbracciati l'una all'altro, per più di un minuto senza dirsi assolutamente nulla, scambiandosi solo singhiozzi e sospiri. Infine, dopo essersi calmata, Luisa trovò il coraggio di salutare anche Bernardo e Stefano.

Poco dopo, arrivò anche la zia Arianna con suo marito. Arianna era la seconda figlia di Renzo e Teresa. Aveva quarantacinque anni e da diciannove era sposata con Paolo, un cardiologo che aveva conosciuto ai tempi dell'università. All'epoca, lei frequentava l'ultimo anno e lui era già al dottorato. Arianna si era laureata in Farmacia e adesso lavorava come il marito nella zona est di Milano. Avevano due figli: Lucia, di diciassette anni, e Alessandro, di quattordici. Nessuno dei due era venuto con loro. Lucia era in settimana bianca con la scuola e Alessandro era a casa con la febbre a trentanove. Arianna era mortificata, ma proprio per questo motivo si fermarono solo un paio d'ore.

Abitava quasi dall'altra parte di Milano e quindi Alex e Pietro non erano abituati a vederla molto spesso. Ciò nonostante, Arianna era sempre stata molto affezionata a loro e a Bernardo. Aveva un carattere molto introverso e Alex, in questo, le assomigliava moltissimo.

I nonni paterni, avvisati direttamente da Bernardo per telefono, sarebbero arrivati solo in serata perché abitavano in Trentino.

Vennero anche un paio di cari amici di Pietro, Giacomo e Alberto, che lui aveva sempre chiamato Jack e Albert, mentre loro lo avevano ribattezzato Peter. Erano entrambi coetanei di Pietro ed erano in pratica cresciuti insieme, tutti e tre.

A sedici anni avevano anche provato a mettere insieme una piccola rock band il cui nome era l'acronimo dei loro tre soprannomi: JAP.

Jack era la voce e la chitarra, Albert il basso e Peter la batteria. Non erano mai stati un gran che, ma si divertivano. Purtroppo l'incidente che ridusse Pietro sulla sedia a rotelle aveva fatto sciogliere il gruppo prematuramente e nessuno dei tre aveva continuato a suonare. Tuttavia erano rimasti sempre amici.

Albert, un pennellone di un metro e novanta, alla vista del suo vecchio amico, steso dentro una bara, barcollò come fosse ubriaco. Riuscì a non cascare in terra solo grazie a Jack, che fu pronto di riflessi a sostenerlo.

Quando Albert si riprese, si fecero spiegare da Alex che cosa era successo esattamente. Restarono per una mezzora, ma poi dovettero uscire da quel posto. Erano entrambi troppo sconvolti e non poterono fare a meno di andarsene, dopo essersi scusati con Bernardo.

Lui e Alex, a dire il vero, incominciavano a sentire il peso di dover ricevere tutte quelle visite. Per entrambi, l'incontro con tutte quelle persone fu uno strazio tanto penoso quanto inevitabile. Il dover ripetere, o il sentirsi ripetere, di volta in volta le stesse frasi e gli stessi gesti diventava a poco a poco una tortura. Gli sembrava quasi che Pietro morisse ogni volta un po' di più. Come se non lo avesse già fatto abbastanza.

Con il passare delle ore, Bernardo si stava isolando sempre di più. In tarda mattinata, ebbe ancora la lucidità per chiamare anche Ivo e Clara, che si precipitarono in ospedale. Quando arrivarono, però, il loro Berny sembrava già totalmente assente. I suoi occhi, ormai stanchi di fissare il cadavere di suo figlio, erano sprovvisti di reazioni. Il resto del corpo era ridotto a un manichino, tenuto insieme dagli stessi abiti che portava. Loro non poterono far niente di diverso da quello che fecero tutti gli altri: essere lì.

Più tardi, verso l'una, Luisa e Stefano riuscirono a convincere Bernardo e Alex a mangiare qualcosa. Gli portarono due tramezzini presi al bar dell'ospedale. Infine, dopo altre insistenze, li convinsero che sarebbe stato il caso di riposarsi.

Erano entrambi in piedi dalla mattina del giorno precedente, ma nessuno dei due sentiva di poter riuscire a dormire sul serio. Ciò nonostante, decisero di concedersi alcune ore di riposo a testa, dandosi il cambio in camera mortuaria.

D'altronde, le persone più importanti le avevano già avvisate e incontrate. Il resto era solo una liturgia di tristi pratiche di cui occuparsi. Una trafila alla quale sia Alex sia Bernardo si sarebbero sottratti volentieri, anche solo per poche ore.

Così Stefano insistette perché Alex andasse a dormire nel suo appartamento, almeno per un paio d'ore, poi sarebbe tornato a dare il cambio al padre, per far riposare anche lui.

Sarebbe stata Luisa ad accompagnarlo a casa sua perché nel frattempo Stefano aveva ricevuto una chiamata dal proprio comando. Disse che richiedevano la sua presenza in servizio con urgenza e non poteva quindi portare lui stesso Alex a casa. Diede perciò le chiavi alla Lu e lasciò che se ne occupasse lei.

Renzo e Teresa sarebbero rimasti in ospedale con Bernardo fino al ritorno di Alex. Lui e suo padre, inoltre, avevano accettato l'ospitalità dei nonni per alcuni giorni.

A dire il vero, fu Alex a dire di sì per entrambi, dal momento che Bernardo, ogni minuto che passava, faceva sempre più fatica a seguire i discorsi delle persone che lo circondavano. La sua mente stava staccando la spina poco per volta.

Undici

Alex e la Lu arrivarono a casa di Stefano intorno alle due e mezza del pomeriggio.

L'appartamento era al terzo piano, in un condominio di via Sardegna. Lo stabile era piuttosto vecchio, ma il trilocale, di proprietà dei suoi genitori, era molto ben tenuto. Stefano se l'era sistemato e arredato poco per volta, con degli ottimi mobili in stile moderno. Si era sofferto la scelta di ogni singolo pezzo e alla fine aveva messo a punto la sua "tana" in maniera impeccabile, dimostrando un gusto estetico non comune. Quadri, soprammobili esotici, armadi a muro, sedie futuristiche e scomodissime: tutto era chiaramente curato con passione. Questo era uno dei tanti pregi che Alex gli aveva sempre invidiato. Ogni volta che entrava in quel posto, non mancava di osservare quanto gli piacesse, anche perché vi scopriva sempre qualcosa di nuovo. Persino nello stato d'animo in cui si trovava quel giorno non poté fare a meno di notare una nuova lampada post-atomica sistemata accanto al divano del salotto.

Casa sua, al contrario, era un anonimo bilocale che non si era mai impegnato a personalizzare più di tanto, da quando c'era entrato in affitto. Per sua fortuna, non aveva dovuto arredarlo, ma in tal caso, non avrebbe mai avuto la pazienza e l'abilità di Stefano nel renderlo così piacevole e originale. Gli unici accessori o complementi d'arredo che col tempo aveva portato nel suo appartamento, gli erano stati regalati proprio da Stefano o dalla Lu, oppure li aveva comprati all'IKEA pescando in mezzo alla roba più ordinaria che ci fosse. Era convinto di non aver buon gusto in fatto di oggetti per la casa e quindi secondo lui non valeva la pena sforzarsi per ottenere dei risultati deludenti; molto meglio tenersi su un profilo volutamente anonimo.

Le tapparelle erano tutte chiuse. Luisa accese la luce e si tolse il cappotto e la sciarpa, appoggiandoli su una poltrona del soggiorno, mentre Alex si sedette sul divano di fronte al televisore senza togliersi niente.

– Dammi pure la tua roba.

Alex si tolse la giacca, il cappello e la sciarpa, li passò alla Lu e lei andò a sistemare tutto sull'appendiabiti dell'ingresso. Quindi tornò e si sedette accanto ad Alex. Gli accarezzò una spalla e gli prese la mano.

– Ora bisogna che ti riposi, okay?

Lui non disse niente. Fissava il vuoto e si lasciava accarezzare.

– Vuoi un bicchiere d'acqua?

– Sì, grazie.

La Lu si alzò e qualche attimo dopo fu di ritorno con un bicchiere pieno d'acqua. Alex bevve un sorso e poi lo appoggiò sul tavolino che gli stava di fronte.

– Sarebbe meglio che ti sdraiassi sul letto. È più comodo.

– No, va bene qui.

– Okay, come vuoi. Ti cerco una coperta. Arrivo subito.

Andò nella camera di Stefano e Alex la sentì aprire un armadio e frugarci dentro. Tornò con un plaid di lana a quadrettoni e un cuscino. Alex si tolse le scarpe e si distese su un fianco. Si sistemò il cuscino sotto la testa e lei lo coprì con il plaid. Poi si sedette accanto a lui, proprio sul bordo del divano, e lo rimboccò bene sino alle spalle.

– Hai freddo?

– No, sto bene.

Gli accarezzò la testa e lui chiuse gli occhi. Alex pensò alle volte in cui aveva messo a letto suo fratello, aiutandolo a spogliarsi e a sistemarsi per la notte. L'ultima cosa che faceva sempre, prima di dargli la buonanotte, era togliergli il casco a connessioni neurali, la cuffia, come la chiamavano spesso.

La cuffia... Che fine ha fatto la cuffia?

Nonostante la cosa non avesse apparentemente nessuna importanza, iniziò a fare mente locale, ma non ricordava di averla vista da nessuna parte: né a casa, mentre assisteva al sopralluogo dei carabinieri, né all'ospedale.

Probabilmente gliela avranno tolta in ospedale, o mentre lo trasportavano in ambulanza, e dev'essere rimasta lì, da qualche parte.

E se l'avessero presa i ladri?

Alex riaprì gli occhi.

In quel momento si sentì la vibrazione di un cellulare provenire dalla borsetta della Lu.

– Scusa un secondo.

Luisa si allontanò, tirò fuori il cellulare e rispose a bassa voce. Era sua madre. Si era fermata a casa sua per badare a Francesco.

– Ehi, ma'.

– Lu, scusa se ti disturbo. Dove sei?

– Sono a casa di Stefano. Ho accompagnato qua Alex, per farlo riposare un po'. Suo padre è rimasto in ospedale con i nonni. Più tardi Alex gli darà il cambio, ma adesso ha bisogno di dormire qualche ora.

– Capisco.

– Voi, tutto bene?

– Sì, scusa, ma ho voluto chiamarti perché Francesco mi continua a chiedere dove sei andata e cosa stai facendo. È preoccupato, povera stella. Ti ha visto così scossa... Magari se ci parli un attimo si tranquillizza.

– Okay, okay. Passamelo che ci parlo un po'.

– Sì, aspetta. Franci, tieni, la mamma ti vuole salutare.

– Mamma!

– Cucciolo! Che c'è? Stai bene?

– Quando torni?

– Amore, non lo so ancora, ma stai tranquillo. Non faccio tardi, okay?

– Ma dove sei?

– Sono con Alex, a casa di Stefano.

– Perché?

– Eh... dobbiamo parlare di una cosa urgente.

– Che cosa?

– Amore, adesso non ho tempo di spiegarti. Ti racconto tutto quando torno a casa. Tu però non ti agitare, va bene?

– Sì, ma torni presto, vero?

– Ma certo, te l'ho detto. Mi raccomando, amore, fai il bravo con la nonna, d'accordo?

– Sì.

– Allora ti chiamo più tardi. Mi ripassi la nonna, che le devo dire una cosa?

– Sì.

– Ti mando un bacio grosso!

– Anch'io.

La mamma di Luisa riprese il telefono.

– Lu?

– Sì, Ma'. Senti, oggi fagli fare quello che vuole, basta che stia tranquillo, okay?

– A proposito, credo che abbia qualche linea di febbre. Non gliel'ho ancora misurata, ma mi sembra caldo.

– La febbre? Eh, avrà preso freddo ieri quando siamo usciti... vabbè, dai, misuragliela e tienilo al caldo. Poi ti richiamo per sapere come sta, va bene?

– Certo.

– Adesso ti saluto e ci sentiamo più tardi. Sono qua con Alex, ha bisogno di dormire.

– Va bene, va bene. Non preoccuparti, ci penso io a Francesco. Scusa se vi ho disturbato.

– No, hai fatto bene... dopo vi chiamo io.

– Okay, abbraccia Alex per me mi raccomando.

– Certo. Stai tranquilla. A dopo. Ciao.

– Ciao.

Luisa rimise il cellulare in borsa e tornò a sedersi accanto ad Alex. Si mise ad accarezzargli i capelli, sperando che si rilassasse e riuscisse a prendere sonno.

– Perché non vai da Francesco?

– E perché? Non c'è nessun problema. È con mia madre.

– Ma non sta bene... E poi Franci è troppo sveglio, ha capito che è successo qualcosa di brutto ed è preoccupato per te.

– Sì, lo so. Ma non è il caso... gli passerà.

– Dai, lo so che se lui non sta bene, non stai bene nemmeno tu. Sei già stata un angelo a starmi accanto da stamattina presto. Vai da lui, almeno guardi come sta e ti distrai un attimo pure tu. Tanto, casa di tua madre è qui vicino... io resto qua a riposarmi. Non c'è problema.

– Non se ne parla neanche. Non voglio lasciarti da solo adesso.

Lei gli appoggiò dolcemente una mano su un fianco e lui le sorrise.

– Grazie, Lu. Ma se ti va, puoi sempre tornare dopo. Avrò bisogno di un passaggio a casa per poter prendere la mia macchina, o mi puoi portare direttamente all'ospedale. Comunque, non c'è bisogno che resti qui. Tanto più che devo cercare di dormire. L'hai detto tu, no? Dai, vai da Franci. Ci sentiamo dopo.

Lei non rispose. Fece un sospiro e i suoi occhi si velarono, guardando quelli di Alex. Si abbassò su di lui, lo baciò sulla guancia e gli accarezzò la fronte.

Lui chiuse gli occhi e lei andò a sedersi sulla poltrona.

Dopo qualche minuto lo vide talmente tranquillo che pensò di poterlo lasciare da solo, almeno per un poco. Allora gli si avvicinò e gli sussurrò a un orecchio: – Ci metto un attimo. Tra un'oretta sono di nuovo qua. Cerca di dormire, mi raccomando. Io cercherò di fare piano quando rientro, per non svegliarti. Mi porto le chiavi di Stefano, così poi non devo suonare il citofono, okay?

Alex disse di sì senza nemmeno aprire gli occhi.

La Lu si rimise con calma il cappotto e la sciarpa, poi diede ancora un bacio e una carezza ad Alex, salutandolo sottovoce. – Allora ci vediamo tra poco. Cerca di riposare, mi raccomando.

– Va bene. Grazie, Lu.

– Di nulla, tesoro. A dopo.

– Ciao.

Infine lei uscì, chiudendosi la porta alle spalle.

Alex rimase immobile, aspettando di sentire il rumore dell'ascensore che si apriva, si richiudeva e iniziava la discesa verso il pian terreno.

A quel punto si sollevò e si mise seduto. Appoggiò la schiena sprofondando leggermente nel divano e rimase lì a pensare, assumendo la sua consueta posizione di riflessione: lo sguardo perso nel vuoto, la mano sinistra appoggiata sulla testa a stringere sempre lo stesso ciuffo di capelli, e il solito leggero dondolio del capo ad accompagnare i suoi pensieri.

Ma che cosa se ne possono fare di quel casco?

Rifletté, dondolandosi ancora in quella posizione, per alcuni minuti. Poi d'un tratto si fermò.

Devo farlo subito!

Si alzò dal divano di scatto e si diresse verso la camera di Stefano.

Il letto era disfatto. A giudicare dall'aspetto, sembrava ci avessero dormito in due. Alex ritornò per un attimo con la mente all'aperitivo di venerdì sera con le due ragazze.

Quella là avrà capitolato in meno di ventiquattro ore... con Stefano, niente di più facile. Io invece non ho nemmeno chiesto il numero di telefono alla sua amica. Com'è che si chiamava?

Si scrollò subito quei pensieri di dosso e si concentrò nuovamente su quello che doveva fare, sedendosi alla piccola scrivania all'angolo della stanza. Era vicino alla porta-finestra del balcone. La tenda e la tapparella abbassata non facevano filtrare alcuna luce e Alex si chiese che ore fossero.

Guardò la sveglia accanto al comodino. Erano quasi le quattro del pomeriggio. Accese il computer e aspettò che si presentasse la schermata di accesso per inserire la password.

Se la ricordava benissimo. Non erano passati neanche sei mesi da quando Stefano gli aveva chiesto di sistemargli il suo nuovo PC e contava sul fatto che nel frattempo non l'avesse mai cambiata.

Non si era sbagliato.

Toffee era sdraiato sul letto, a pancia in giù. Si sentiva la testa come un pallone. Avrebbe voluto dormire, ma non ci riusciva. L'emicrania si stava facendo sempre più martellante.

Le scene vissute la sera prima continuavano a passargli davanti alla mente. Non voleva ammazzare quel ragazzo, ma in quel momento lo aveva odiato e non aveva saputo controllarsi.

La cosa, però, che lo disturbava di più era rendersi conto che dentro di sé, anche dopo essersi calmato, non si sentiva veramente in colpa per quello che aveva fatto. Non provava rimorso. Come non ne aveva provato per quella ragazza alla quale aveva rotto l'osso del collo qualche sera prima.

Erano state scariche d'adrenalina. Non sapeva più controllarsi. Non sapeva più che razza di persona era. Rifletteva su queste cose, sussurrando quei pensieri fra sé e sé.

Se non riesco a sentirmi male nemmeno per aver ucciso mio fratello, allora che cosa sono? Non sento più niente dentro. Sono completamente vuoto. Ma una volta non ero così...

Toffee non aveva programmato quello che era successo. Quel colpo in casa del padre all'inizio lo aveva voluto solo per prendersi una piccola soddisfazione. Sarebbe entrato e uscito da quella villa, e gli avrebbe rubato le sue cose, come se niente fosse. Così come Bernardo era entrato e uscito dalla sua vita, senza chiedere il permesso e senza preoccuparsi di quello che gli aveva portato via.

Ma, soprattutto, lo aveva fatto per curiosità. Voleva entrare almeno una volta in quella casa che avrebbe potuto essere anche la sua, sentire l'odore della vita che avrebbe potuto vivere.

Invece, il destino gli aveva fatto incontrare il suo fratellastro. Aveva sperato in un incontro del genere. Senza sapere bene per quale motivo, a dire il vero, ma lo aveva sperato.

Quando si erano resi conto che in casa c'era qualcuno, Rico e Tozzi volevano fare marcia indietro, ma lui li aveva convinti a entrare comunque.

– C'è solo un ragazzo sulla sedia a rotelle e io ho la chiave. Entriamo dentro, io lo tengo a bada e voi pulite tutto.

In realtà, a quel punto non gli interessava neanche più di portarsi via la roba. Era solo curioso di vedere Pietro, ma non poteva farlo sapere a quei due.

Così erano entrati e lui si era trovato faccia a faccia con suo fratello. Senza pensarci su, decise di fargli sapere chi era e cosa gli aveva fatto suo padre, rovesciandogli addosso tutta la sua rabbia.

Andò così: perse ogni controllo e lo uccise per colpa di un semplice scatto d'ira. Non lo aveva colpito con l'intenzione

106

di ammazzarlo, ma non aveva fatto nemmeno nulla per controllarsi. Né tanto meno aveva provato ad aiutarlo dopo che si era schiantato su quel tavolo di vetro.

Era rimasto lì a guardarlo agonizzare, sorpreso sì, ma senza rimorso. Anzi, in un certo modo, si era sentito inspiegabilmente sollevato. In quel preciso istante capì il motivo per cui si trovava lì. La casa in teoria sarebbe dovuta essere vuota, ma la fortuna lo aveva aiutato. Il furto era una scusa e Pietro non era l'obiettivo, ma il mezzo.

Tanto tempo fa gli avevano rubato la propria vita e lui adesso si era preso in cambio quella del fratello che non aveva mai conosciuto, che aveva avuto tutto quello che a lui era stato tolto.

Certo, quel ragazzo sulla sedia a rotelle non aveva colpe. La vita dopo tutto gli aveva già riservato la sua dose di guai. Ma Pietro li aveva potuti affrontare con l'aiuto della famiglia. Del padre. Lo stesso padre che a lui, viceversa, aveva voltato le spalle proprio quando aveva avuto bisogno di aiuto e che, per questo, andava punito.

Quello era l'obiettivo.

Poi ripensò a come era arrivato a essere quello che era diventato. A quello che era successo tanti anni prima.

Per quello che ne sapeva Toffee, sua madre e suo padre non avevano mai vissuto insieme. Bernardo non sarebbe mai dovuto entrare nella sua vita e invece, per qualche motivo, quando lei morì, lui si prese in carico il suo affidamento.

Così, pochi giorni dopo aver assistito al funerale di sua madre, si ritrovò in Italia senza che nemmeno fosse chiesto il suo parere. Questo, però, non era ancora nulla rispetto a quanto avrebbe dovuto sopportare da lì a poco. A iniziare da quella specie di istituto. Suo padre non lasciò che dormisse nemmeno un giorno in casa sua, con la sua famiglia. Come se Andrea fosse un elemento troppo sconveniente nella loro vita. Qualcosa che fosse meglio far passare inosservato.

E Andrea pensò bene di accontentarlo per sempre, scappando da quel posto e credendo ingenuamente di poter trovare il modo di tornare a casa sua, in America. L'errore più grande, però, fu di fidarsi ancora una volta di un adulto, accettando di nascondersi in quella maledetta casa, dove nel giro di pochi mesi si rovinò per sempre.

Infine, l'umiliazione più grande. Quando si trovò ancora una volta davanti a suo padre e non poté fare a meno di chiedergli aiuto, lui non credette nemmeno alle sue parole. Anzi, molto peggio. Era chiaro che avesse fatto solo finta di non credergli, mentre invece aveva senz'altro saputo quello che era successo e non aveva fatto nulla per evitarlo. Fu allora che Toffee capì due cose che non avrebbe mai dimenticato. Primo: suo padre era riuscito a distruggere la sua esistenza senza neanche sporcarsi le mani. Secondo: da quel giorno, lui, Toffee, era solo. Solo contro tutti. E così sarebbe sempre stato.

Dopo l'ennesima dolorosa immersione in quei ricordi, i pensieri di Toffee si spostarono istintivamente verso l'unica persona per la quale provava ancora un sentimento di affetto. Enzino, l'unico vero amico. L'unico che significava qualcosa. L'unico di cui si poteva fidare e per il quale desiderava un futuro migliore.

Enzino era ancora così giovane e Toffee sentiva che per lui valeva ancora la pena darsi da fare.

Ma che cosa puoi dargli tu? Cosa gli stai insegnando? Che cazzo puoi fare per lui a parte pagarlo per qualche lavoretto e portarlo al cinema a perdere tempo? Puoi solo spingerlo a diventare come te. Vuoto. No. Lui non deve diventare così. Lui può essere migliore. Deve esserlo. Ma non lo sarà mai se resta attaccato a te. Che sei solo un tossico, uno spacciatore, un ladro. Anzi, adesso sei anche peggio... ammazzi la gente. Vuoi che lui diventi così?

Fece un respiro profondo.

Ma se perdo anche lui...

Ecco. Quel pensiero, sì, lo fece davvero stare male, ma allo stesso tempo lo aiutò a rendersi conto che non si era completamente perso. Non faceva poi così schifo. La paura di poter perdere il suo amico, e tutte le cose buone che desiderava per lui, erano la prova che era ancora capace di provare dei sentimenti. Era ancora vivo.

Dodici

Stefano scese dalla sua Mini e si avviò verso il cancello della stazione dei carabinieri di Assago. Di Donna lo aveva chiamato quando era ancora all'ospedale.

– *Ciao, Vannelli, sono Di Donna.*

– *Ehi, ciao. Dimmi.*

– *Senti, dovremmo parlarti, ma da solo. Avremmo bisogno che venissi qua in caserma. Ce la faresti a fare un salto?*

– *Come mai? C'è qualcosa che non va?*

– *No. È solo che, siccome conosci bene quella famiglia, vorremmo sapere che ne pensi di una certa cosa... cioè, vorrei sentire te prima di parlarne con loro. È una cosa un po' delicata e mi piacerebbe spiegartela di persona. Riesci a passare di qua?*

– *Ah, va bene. Guarda, vengo subito, così mi spieghi, d'accordo?*

– *Certo, benissimo. Allora ti aspettiamo. A dopo e grazie. Ah, mi raccomando, ovviamente per favore non dire niente al tuo amico che stai venendo a parlare con noi. Scusami se ti metto un po' in difficoltà, ma vedrai che capirai quando ti avrò spiegato.*

– *Sì, certo. Ci vediamo tra poco, allora.*

– *D'accordo. Ciao.*

Così, dopo questa telefonata, Stefano aveva detto ad Alex che lo avevano chiamato dalla sua caserma per urgenti

111

ragioni di servizio e se ne era andato, dopo averlo almeno convinto ad andare a riposarsi a casa sua, accompagnato dalla Lu.

Non avrebbe voluto lasciarlo proprio in quel momento, ma voleva sapere che cosa stava succedendo. Era preoccupato dalle parole di Di Donna. Non sapeva nemmeno lui se era più impaziente o più impaurito di scoprire il motivo per il quale si fosse rivolto a lui.

Entrò in caserma e si presentò al collega di turno alla guardiola. Di Donna fu avvisato e dopo un minuto lo vide venirgli incontro.

– Ciao, Vannelli.

– Allora? Che succede?

– Grazie per essere venuto. Vieni pure di qua.

Di Donna fece strada a Stefano e si spostarono insieme nel suo ufficio. Chiusero la porta e si sedettero.

L'ufficio era piccolissimo e dall'aspetto deprimente. C'era giusto lo spazio per farci stare la scrivania, la sedia di Di Donna, uno schedario che copriva gran parte della parete alle sue spalle e un paio di altre sedie di fronte alla scrivania. Non c'era nemmeno un quadro o una targa a decorare quei muri completamente bianchi.

L'unico elemento che personalizzava l'aspetto di quell'ambiente, a parte il calendario dell'Arma, era una piccola foto incorniciata, appoggiata sulla scrivania e rivolta verso Di Donna. La foto mostrava un primo piano di sua moglie e sua figlia di tre anni, abbracciate l'una all'altra.

– Scusa se ti ho fatto venire così su due piedi, ma ho pensato che era meglio parlare con te di questa cosa prima possibile, visto che conosci quella famiglia, per decidere come meglio comportarci. Probabilmente tu ci puoi aiutare, ma, se per caso non te la sentissi, devi solo dirmelo e io faccio finta di non aver mai parlato con te, d'accordo?

112

– Ma che cosa è successo? Spiegami dall'inizio per favore.

– Assolutamente, ora ti spiego tutto. Allora... Lo sai che i ladri sono entrati senza lasciare un solo segno di effrazione?

– Sì, lo so. C'ero anch'io durante il sopralluogo. Avranno trovato qualche porta aperta. È possibile, visto che Pietro era ancora in casa e non era nemmeno tardi, a quanto ho capito. Credo verso le dieci o giù di lì.

– Beh, sinceramente a me questa era già sembrata una cosa strana... un furto a quell'ora di sera... sapendo che in casa c'era qualcuno ancora sveglio. Secondo me, se hanno scelto quell'orario è perché in qualche modo sapevano di trovarci solo quel ragazzo disabile che non era in grado di ostacolarli. In pratica, conoscevano la situazione.

– E allora? Avranno tenuto d'occhio la casa per un po' prima di organizzare il furto... e con questo?

– Ma perché lo hanno ucciso? Se erano informati, trovarlo lì non è mica stata una sorpresa. Immagino che abbiano pensato prima a come gestire le cose, una volta entrati in casa. Io non sono un ladro, ma ci penserei due volte prima di ammazzare qualcuno solo per fare un furto di poco conto. Tra l'altro, non è che abbiano portato via chissà quali tesori... è una casa come tante altre.

– Dai, lo sai meglio di me che ci sono dei bastardi affamati che per cento euro farebbero fuori anche la madre. Quanti ne avrai già visti?

– Hai perfettamente ragione, ma non credo sia questo il caso.

– Perché?

– Perché forse, in un certo senso, uno di quei ladri era "di casa". E credo abbia voluto che si sapesse.

– Come sarebbe? Uno che conoscono?

– Più o meno. Vedi, ieri sera il fratello del tuo amico ha chiamato il 112, quando quei ladri sono entrati in casa. Il nostro

113

centralino ha risposto, ma probabilmente il ragazzo non ha avuto il tempo di dire niente perché se li era già trovati davanti.

– E allora?

– Beh, non so come abbia fatto, ma ha tenuto aperta la telefonata, senza che i ladri se ne accorgessero, e ha parlato con uno di quelli, facendo ascoltare la conversazione al nostro centralino. L'operatore ha intuito che c'era qualcosa di strano ed è semplicemente rimasto in ascolto per cercare di capire cosa stava succedendo. Abbiamo tutta la registrazione. La voce del ragazzo si sente benissimo, forse aveva un auricolare, e si capisce persino quello che dice l'altra persona, anche se è più distante.

Stefano rifletté per un momento.

– Lo so io come ha fatto. Pietro aveva un apparecchio, una specie di cuffia elettronica, con la quale muoveva la sedia a rotelle e faceva un sacco di altre cose. È come una specie di telecomando, che però viene indossato come un casco. Viene messo in funzione con la forza delle onde cerebrali o una cosa del genere. È strepitoso. Se l'era fatto fare in America. E quella roba funziona anche da telefono, il microfono è incorporato nel casco e non si vede. Magari ha alzato il volume del microfono per fare in modo che si sentissero anche le altre voci.

– Okay, ho capito.

– Ma che cosa c'è in quella registrazione?

– È proprio per questo che sei qua. Vorrei fartela ascoltare, se sei d'accordo.

– Va bene.

Di Donna si mise al computer per ripescare il file audio della telefonata dai loro archivi digitali.

– Eccolo...

Toffee stava seduto sul divano, in silenzio, di fronte alla TV spenta e coperta di polvere. Due occhi arrossati e cer-

114

chiati fissavano la propria immagine in penombra, riflessa sullo schermo di un vecchio tubo catodico.

Non aveva dormito quasi per niente.

In testa, oltre all'emicrania, aveva la cuffia del ragazzo paraplegico. In mano teneva una foto, in una piccola cornice argentata. Proveniva dal salotto della casa svaligiata. Aveva appena tirato un bel po' di coca e stava finalmente iniziando a sentirsi meglio.

L'effetto incominciava ad anestetizzare il dolore e a svegliare la sua mente. Questo era di solito il momento più bello. Era come tirare fuori la testa dall'acqua dopo aver trattenuto per tanto tempo il respiro. L'aria aveva un sapore diverso.

Nella foto, c'era suo padre, in mezzo ai suoi due fratellastri. In mare, in piedi, a poca distanza dalla riva, immersi nell'acqua fino ai fianchi. Abbracciati, abbronzati e sorridenti.

I ragazzi in quella foto erano giovanissimi. Il più piccolo era quello sulla sedia a rotelle che aveva incontrato dentro la casa, ma nella foto stava in piedi sulle sue gambe. A occhio poteva avere sì e no tredici o quattordici anni, mentre il più grande non arrivava forse ai diciotto. Suo padre era più o meno come se lo ricordava, anche se quella foto doveva risalire a qualche anno dopo il loro ultimo incontro.

Non aveva idea di dove fosse stata scattata la foto, anche perché, da quando era in Italia non aveva mai visto nessun posto di mare. A dire il vero non aveva mai visto nient'altro che Milano. La sua Italia finiva lì. Chissà quanti posti invece avevano visto i suoi fratelli, quante cose avevano fatto...

Poi ritornò con la mente in quella casa, all'incontro con Pietro e a com'era andata a finire. Si domandò cosa stessero facendo adesso gli altri due soggetti di quella foto. Si rese conto che quanto successo la sera prima era solo l'inizio. Adesso non si tornava più indietro.

La guardò ancora e ripensando al trattamento che gli era stato riservato tanti anni fa da quell'uomo dall'atteggiamento così paterno, capì. Erano tutti e tre troppo belli. Troppo felici. Troppo perfetti. E insieme, uniti, erano una cosa ancor più perfetta.

Un quadro come quello non si sarebbe dovuto sporcare in nessun modo. Per il padre, quella della foto era la sua sola, unica e intoccabile famiglia. L'unica che aveva voluto e di cui si era occupato.

Mentre Andrea, Toffee, era solo una macchia nella sua vita. Qualcosa di scomodo con cui era stato costretto a fare i conti per un po' di tempo, ma di cui per sua fortuna era riuscito a disfarsi. Qualcosa che avrebbe sicuramente contaminato quella perfezione, se lui glielo avesse mai permesso.

Qualcosa di cui vergognarsi.

Qualcosa da nascondere.

Ho smesso di nascondermi. Inizia a vergognarti.

Tredici

Appena Luisa entrò in casa, non ebbe nemmeno il tempo di togliersi il cappotto, che subito Francesco le corse incontro e l'abbracciò. Senza dire una parola la tenne stretta, all'altezza della vita, dove potevano arrivare a malapena le sue braccine.

– Amore mio! Che c'è? Eri in pensiero per la mamma?

Lui mosse semplicemente la testa per annuire, senza parlare e senza smettere di abbracciarla.

Lei gli accarezzò i capelli con entrambe le mani.

– Ehi, ma guardalo lì! Il mio cucciolo! Adesso però stai tranquillo. Sono venuta apposta per stare un pochino con te. Sei contento?

Dal soggiorno spuntò anche sua madre che si avvicinò e la osservò in viso, accorgendosi subito che aveva pianto molto. Poi sorrise vedendo Francesco ancora abbracciato a Luisa.

– Povera stella. Era proprio agitato, sai? Scusa se ti ho chiamato, non volevo disturbarti, ma non sapevo cosa fare.

– Non fa niente. Adesso mi fermo un pochino e dopo ritorno da Alex. È a casa di Stefano a riposarsi, ma Stefano è dovuto andare in caserma e non voglio che resti da solo. Anzi, non sarei dovuta nemmeno venire. Inoltre, più tardi dovrò accompagnarlo a dare il cambio a suo papà che è rimasto alla camera mortuaria.

– Dio, che disgrazia!

– Già. Io non riesco ancora a crederci.

– Saranno distrutti, poveretti.

– La febbre, gliel'hai misurata?

– Ha solo un paio di linee.

In quel momento si sentì il motivetto della suoneria di un cellulare. Proveniva dalla borsa di Luisa che era appoggiata in terra.

– Franci, amore, lasciami un attimo. Rispondo e poi sono da te.

Stampò un bacio sulla guancia di Francesco e infilò una mano dentro la borsa per pescare il cellulare. Lo tirò fuori e vide il nome sul display.

– Scusa un attimo, ma'.

Quindi andò in camera sua, chiuse la porta dietro di sé e rispose a voce bassa: – Ohi.

– Ciao, dove sei?

– Sono a casa mia. Sono passata un attimo per Franci, ma poi ritorno da Alex. È a casa di Stefano a riposarsi.

– Sì, lo so.

– E tu?

– Sono ancora in ospedale, con Berny. Quando Alex torna per dargli il cambio, vorrei che venisse da me. Dio, non posso pensare a quel povero ragazzo... è così assurdo.

– Lo so. Sarà durissima per lui e per Alex.

– Già.

– Dio mio, non posso nemmeno pensare se succedesse a mio figlio una cosa del genere. Non so se sarei in grado di sopportarlo. Non ne avrei la forza.

– A proposito, Francesco? Tutto bene?

– Sì, ha solo qualche linea di febbre ed è un po' agitato perché mi ha visto andar via così di corsa stamattina... ma volevi dirmi qualcosa?

– Beh, sì. Senti, mi dispiace parlartene al telefono così... però, vedi, stavo pensando che per un po', forse sarebbe me-

118

glio se non ci vedessimo. Non me la sento. Sai, con quello che è successo...

– Come sarebbe a dire "non te la senti"? Ma poi perché me lo vieni a dire proprio ora? E per telefono.

– Lo so, non è bello dirtelo per telefono, ma sai...

– Ma si può sapere perché hai tutta questa urgenza di dirmi questa cosa? Che succede?

– Niente, niente. È solo che non penso sia il momento adatto per portare avanti questa cosa. Dovremmo fermarci e riflettere un po', non credi?

– No, non credo. Io ci ho già riflettuto, lo sai! E anche tu fino a ieri dicevi di averlo fatto. Non pretendo mica che lasci tua moglie domattina o che scappiamo insieme come due ragazzini, ma mi pare che eravamo stati chiari sulla strada da prendere, o sbaglio?

– Sì, hai ragione, ne avevamo parlato, però io non lo so... adesso non me la sento di andare avanti così, dopo questa disgrazia.

– Ma cosa c'entra? Ti pare questo il momento di prendere delle decisioni del genere?

– No, lo so...

– Anch'io sono sconvolta, cosa credi? Ma proprio per questo non mi metto mica a pensare alla mia vita privata. Per ora mi preoccupa solo Alex. Voglio stargli vicino e aiutarlo a superare questo momento. E tu invece a cosa pensi? Si può sapere? Berny è il tuo migliore amico!

– Ma guarda che ti capisco.

– Sai, l'altro giorno ci siamo visti, abbiamo passato il pomeriggio insieme. Io, Alex e Franci. A un certo punto glielo stavo quasi per dire. Poi mi sono trattenuta. Lo sai quanto siamo amici e non sopporto di tenergli ancora nascosta questa cosa. Certo, non gliene posso parlare ora che è appena morto suo fratello, ma prima o poi dovrò farlo. E lo stesso

119

vale anche per te, con Berny e con tua moglie, o sbaglio? Fino a ieri eravamo entrambi della stessa idea, mi pare.

– Appunto. Voglio dire, tu devi stare vicino ad Alex e io a Berny. Visto che questo non è certo il momento adatto, non sarebbe meglio prenderci una pausa? Così nessuno dei due avrebbe un segreto di cui sentirsi in colpa, non credi?

– Dico, ma sei diventato scemo o mi prendi per il culo? Stai... stai girando la frittata, come a dire che non ci vediamo più per non sentirci in dovere di parlarne ai nostri amici e alle nostre famiglie. Come se quello che è già successo ce lo possiamo anche scordare, come se in fondo non avesse avuto nessuna importanza.

– Ma no, dai...

– Senti, forse credi che io sia cretina, ma so ancora capire quando un uomo mi sta mollando. Quello che mi fa impazzire è che lo stai facendo proprio adesso! E per telefono! Ah, ma che idiota che sono! Hai solo colto al volo l'occasione, vero? Tu stavi solo aspettando una scusa e ora l'hai trovata.

– Lu...

– Cristo, ma ti rendi conto che stai approfittando del... del lutto del tuo migliore amico per liberarti di me! Ma che razza di persona sei?

– No, aspetta! Non è così!

– No! Sentimi bene, io adesso non ho né il tempo né la voglia di ascoltare le tue cazzate. Ho capito benissimo dove vuoi arrivare. Non sono stupida. Quello che mi sconvolge è che lo stai facendo nel modo più vigliacco che avrei mai potuto immaginare. Comunque, non preoccuparti. Ti libero io da ogni impegno. Non stare più a chiamarmi! Sono stata chiara?

– Scusa, ma ti pare il modo di reagire? Cerca di capire un attimo...

– Guarda, io ho già capito tutto e non ho tempo da perdere. Ora devo andare da mio figlio e poi da Alex. Ciao.

120

– Lu!

Lei mise giù senza che Ivo avesse il tempo di dire altro.

Non riusciva a credere che, in un momento come questo, le avesse telefonato per piantarla.

Ha preso la palla al balzo! Dio che pezzo di merda! E io cretina che mi sono messa in questo casino... ma come ho fatto a credermi tutte le cazzate che mi raccontava... mi sono fatta prendere in giro come una ragazzina! Sono proprio una deficiente!

Pensò che in fondo era logico aspettarsi una fine del genere quando ci si mette con un uomo sposato. Si era semplicemente illusa che con lui potesse essere diverso e in quel momento si vergognò della propria ingenuità. Era la prima volta che commetteva un errore del genere e giurò che sarebbe stata anche l'ultima.

Tutto era iniziato qualche mese prima. Una sera di fine agosto, la Lu era andata a cena a casa di Bernardo e di Pietro, insieme ad Alex.

C'era anche Ivo, ma senza sua moglie Clara che era andata a casa dei suoi, in Veneto, per qualche giorno. Luisa invece era sola, perché sua madre si era portata Franci al mare per una settimana, a Santa Margherita Ligure.

Aveva già visto Ivo altre volte, sempre a casa di Bernardo, ma quella fu la prima volta che ebbe modo di parlarci e di stare in sua compagnia per qualche ora.

A tavola erano seduti una di fianco all'altro e lui l'aveva fatta ridere, e bere, parecchio. Fra tutti e cinque, avevano fatto fuori due bottiglie di Müller-Thurgau e alla fine avevano fatto anche due giri di limoncino. Tutti tranne Pietro che, come al solito, aveva bevuto solo mezzo bicchiere di vino.

Quando fu il momento di salutarsi, Ivo si offrì di accompagnarla a casa con la sua auto. Lei era venuta con Alex, ma lui aveva bevuto più di tutti ed era davvero cotto. Così, quando sprofondò sul divano, più morto che vivo, Luisa intuì che quella notte Alex si sarebbe fermato a dormire lì e accettò volentieri di farsi accompagnare da Ivo.

In auto chiacchierarono molto. Lui aveva un modo di fare che la intrigava e quella sera le aveva fatto scordare per un attimo tutti i suoi problemi e le sue ansie. Luisa era molto meno sicura di sé di quanto voleva far credere.

Inoltre lui le era sempre piaciuto fin dalla prima volta che l'aveva visto. Era alto quasi un metro e novanta, con un fisico non proprio scolpito ma ben proporzionato, occhi azzurri, capelli castano chiari e una leggerissima barba incolta. Praticamente il suo tipo ideale.

La differenza di età non aveva la minima importanza per nessuno dei due. Anzi, lei aveva stupidamente pensato che gli anni potessero renderlo più affidabile rispetto alla media degli altri uomini che aveva frequentato in passato.

Il primo bacio fu in macchina, sotto casa sua, al momento di salutarsi. A entrambi piacque molto, e quindi finirono per non salutarsi affatto.

Quella notte lo fecero proprio in casa di Luisa. Era stato così bello che lei fu sorpresa dall'intesa che avevano avuto sin da subito. Per quel che la riguardava, non era davvero una cosa comune. Non le era riuscito spesso di raggiungere l'orgasmo alla prima volta a letto con un uomo e, soprattutto, non con quella naturalezza.

Dopo averlo fatto, stettero lì a parlare ancora per molto, abbracciati stretti. Nemmeno questo le era capitato molte volte prima di allora.

Una delle cose che l'avevano colpita di più sin dall'inizio era proprio la sua voce. Quel timbro caldo, ma allo stesso tempo pacato e sicuro di sé, le infondeva serenità e tranquillità.

122

In una sola notte l'aveva conquistata e lei si era buttata in quella relazione quasi senza esitazioni, come mai le era successo da quando era nato Francesco.

La voce che aveva ascoltato al telefono poco prima non sembrava nemmeno appartenere allo stesso uomo per il quale aveva perso la testa non molto tempo fa.

Che razza di vigliacco!

Non si riusciva a capacitare di quello che aveva appena sentito. Più ci pensava e più si sentiva tremendamente stupida. Ci era cascata! Ma non gli avrebbe dato una seconda chance. Quella storia finiva lì. Con quella telefonata.

La Lu era così. Non aveva mezze misure.

Era in grado di amare una persona e di odiarla cinque secondi dopo, se solo questa le dava un valido motivo per farlo.

Non era un tipo volubile. Solo non sopportava di sentirsi tradita nei sentimenti, ma soprattutto non riusciva a stare con un uomo che d'un tratto non si dimostrava più all'altezza di quello che le aveva fatto credere di essere fino allora.

Questo valeva soprattutto da quando c'era Francesco.

Se un uomo poteva ferire lei, avrebbe potuto ferire anche suo figlio. E lui era la cosa più importante in assoluto. Su questo non avrebbe mai avuto nessun dubbio.

Purtroppo, quasi nessun uomo della sua vita aveva mantenuto nei suoi confronti le aspettative di affidabilità che lei pretendeva. E Ivo non aveva fatto eccezione alla regola.

Quattordici

Il semaforo di piazzale Ohm era appena diventato verde e l'auto di Stefano ripartì con tutta calma. Stava andando verso casa.

Doveva parlare con Alex di quello che aveva sentito nella registrazione telefonica e di tutto quello di cui era venuto a conoscenza, ma non sapeva da dove cominciare. Non riusciva proprio a credere a quello che aveva ascoltato poco prima. Era a dir poco assurdo, senza senso.

L'ultima cosa che avrebbe voluto fare in quel momento era sconvolgere ancor di più il suo amico con delle notizie del genere, ma doveva farlo. Di Donna, venuto a conoscenza dei suoi rapporti con la famiglia di Alex, gli aveva chiesto di intervenire per fare in modo che lui e Bernardo si sentissero il più possibile disponibili a collaborare. Il fatto che fosse una persona di fiducia come lui ad anticipare loro il contenuto di quella telefonata li avrebbe probabilmente aiutati.

Proprio con questa motivazione, Di Donna aveva giustificato la richiesta rivolta al comandante della caserma di Stefano, per ottenere il permesso di coinvolgerlo formalmente nell'indagine. Di solito, al contrario, si cercherebbe di evitare qualsiasi coinvolgimento personale, ma questa era innegabilmente una situazione molto particolare.

Stefano non era affatto contento di questa idea, ma d'altra parte sapeva che ciò gli avrebbe permesso di stare a fianco

125

del suo amico in un momento difficile come quello. Tutto sommato, pensò, vista la situazione, era la cosa migliore che poteva fare.

Mentre guidava, le voci di quella registrazione continuavano a passargli attraverso le orecchie, come se le stesse ancora sentendo. Spense perfino l'autoradio per ascoltarle meglio ancora una volta.

– *Stai calmo, ok?... Ti dispiace se mi tolgo questo? Ho caldo.*

– *...*

– *Dimmi la verità, la mia faccia non ti è familiare? Non ti dice niente?*

– *Pe...perché mi fai vedere la faccia? Chi sei?*

– *Chi sono io? Eppure dovresti conoscermi... Come sta quel bastardo di mio padre?*

– *Eh?*

– *Ho detto: come sta quel grandissimo bastardo di mio padre?*

– *Tuo padre? Ma che stai dicendo? Io non ti conosco.*

– *Scusa, dovevo dire "nostro padre".*

– *Come? No, senti, c'è uno sbaglio, tu hai sbagliato casa... stai cercando un'altra persona.*

– *No, Pietro. Non ho sbagliato.*

– *...*

– *Lui ovviamente non vi ha mai parlato di me. Se ne è sempre guardato bene. Che schifoso...*

– *Ma che cosa vuoi da me? Io non ti conosco! E non voglio sapere niente di te! Voglio solo che ve ne andiate!*

– *Non vuoi sapere niente? Certo, proprio come tuo padre. Quando sono scappato la prima volta, non gli pareva vero! E poi aveva fatto finta di non sapere dove ero finito. E aveva lasciato che mi... Pezzo di merda!*

– *Senti, io non ho mai sentito parlare di altri figli. Io non lo so chi sei e non so nemmeno che cosa vuoi da noi. Però ti*

126

posso dire una cosa: io non c'entro niente con te e tu non c'entri niente con noi!

– Tu non sai un cazzo!

– Infatti non so di cosa stai parlando, ma conosco mio padre e non avrebbe mai abbandonato un figlio suo, non lo avrebbe mai fatto! Ti dico che hai sbagliato casa e hai sbagliato persone!

– Ah, sì? Vallo a chiedere a mia madre!

– Ss...se tua madre ha detto questo di mio padre, lo avrà fatto per avere qualcosa, dei soldi... non lo so. E tu adesso cosa vuoi qui? Vuoi soldi anche tu? Allora prendi tutto quello che vuoi e vattene via! Basta che ci lasci in pace! Capito? Vattene!

– Soldi? Non me ne faccio un cazzo dei vostri soldi! A quelli ci stanno pensando i due di là.

No. I soldi non c'entravano. Questa era l'unica cosa certa. E poi quella domanda, con quelle tre parole troppo familiari per essere casuali.

Ma tu, dimmi la verità, credi davvero di conoscere tuo padre?

Quella frase continuava a risuonare nella sua testa.

Dimmi la verità...

Quante volte aveva sentito Bernardo usare quella stessa espressione? Ma più ci pensava e più gli sembrava tutto così assurdo. Non riusciva a spiegarsi come fosse possibile per un padre nascondere una cosa del genere alla sua famiglia. E per tutto quel tempo.

Le ricerche dei suoi colleghi avevano in effetti confermato che Alex e Pietro non erano gli unici figli di Bernardo. Prima di loro ebbe Andrea, da una donna di nome Cindy, di origini italiane, ma nata e vissuta a San Francisco, dove lui si era trasferito per circa un anno e mezzo, tra il 1975 e il 1976, per ragioni di lavoro. Andrea, portava il cognome della madre, Giannini, con la quale aveva sempre vissuto, fino all'età di quattordici anni, quando lei morì. Era il marzo del 1991.

Fu a quel punto che Bernardo si era preso carico del suo affidamento. A quanto risultava, lui e la madre avevano stipulato un accordo legale negli Stati Uniti al tempo della nascita di Andrea.

Bernardo e Cindy, non essendo evidentemente intenzionati a stare insieme, si erano messi d'accordo affinché lei non chiedesse a lui alcun supporto economico o di qualsiasi altro tipo. In cambio, Bernardo si era impegnato a prendersi cura di Andrea, in caso di morte della madre o di sua inabilità per motivi di salute.

Probabilmente lei, da parte sua, non aveva una famiglia benestante alle spalle su cui contare e in questa maniera si era garantita una specie di assicurazione sulla vita.

Così, quando la madre morì, Andrea dovette beneficiare a malincuore di quell'assicurazione e seguire Bernardo fino a Milano, da dove quest'ultimo era venuto per rispettare l'accordo che aveva sottoscritto molti anni prima. Ma, dopo alcuni mesi, lo stesso Bernardo denunciò la sua scomparsa e da quel giorno non se ne seppe più nulla.

Come previsto dalla legge, la morte di Andrea fu regolarmente dichiarata d'ufficio allo scadere dei dieci anni seguenti alla scomparsa.

Eppure Alex non gli aveva mai detto niente a proposito di una cosa del genere. Forse solo perché davvero non lo sapeva, come sembrava non lo sapesse nemmeno Pietro, a giudicare da quello che si era potuto sentire nella registrazione della telefonata.

E allora, come cazzo faccio a spiegargli tutto questo?

Forse doveva parlarne prima con Bernardo che invece era perfettamente a conoscenza della storia di Andrea, per lo meno fino al giorno in cui era scomparso, nel luglio del 1991. Ma aveva troppa paura che lui gli chiedesse di nascondere qualcosa ad Alex.

128

Sarebbe una situazione di merda.

No. Avrebbe parlato prima con Alex e poi lo avrebbe accompagnato da suo padre per chiarirsi. Infine, avrebbe chiesto a entrambi di andare a colloquio con Di Donna il prima possibile. Si convinse che era l'unica cosa da fare.

Bernardo si sarebbe arrabbiato sicuramente con lui e forse non gli avrebbe mai perdonato questa mossa. Inoltre, si sentiva davvero crudele a costringere Alex ad affrontare una cosa come quella proprio alla fine di una giornata del genere.

Come se non fosse già distrutto abbastanza...

Ciò nonostante non aveva molta scelta e non aveva nemmeno tempo da perdere. Visto come stavano le cose, anche Alex e Bernardo potevano essere in pericolo.

Forse Andrea li stava già cercando.

O forse non ne aveva bisogno perché ormai sapeva già come trovarli. Li doveva aver cercati per chissà quanto tempo e se aveva saputo arrivare fin dentro casa, allora era probabile che sapesse tutto di loro.

Ripensò al sopralluogo al quale aveva assistito in casa di Bernardo. Non c'erano segni di scasso. Aveva ragione Di Donna a pensare che non poteva essere stato un caso.

Che idiota che sono! Dovevo pensarci subito...

Bernardo non può essersi dimenticato finestre aperte o robe del genere. Sta sempre molto attento, quando lascia Pietro da solo. Se non ha aperto Pietro, e non credo lo abbia fatto, significa che quelli sapevano come entrare senza forzare alcuna porta né finestra. Come se avessero avuto le chiavi di casa.

Gli vennero in mente le parole di Di Donna.

In un certo senso, uno di quei ladri era "di casa". E credo abbia voluto che si sapesse.

La conclusione cui arrivò era solo una.

Dio, è andato lì proprio per lui! Sapeva di trovarlo da solo. E adesso tocca ad Alex.

A quel pensiero, la schiena di Stefano fu percorsa da un brivido di freddo che scese giù per tutto il corpo fino a raggiungere il suo piede destro che, come di riflesso, affondò di colpo sul pedale dell'acceleratore.

Doveva raggiungerlo al più presto.

– E adesso tocca ad Alex.

Toffee parlava con lo specchio, a bassa voce, mentre si guardava e si preparava per uscire.

Doveva andare al solito bar Rocco a cercare il Rumeno per parlargli. Avrebbe potuto chiamarlo, ma il Rumeno cambiava continuamente numero ed era facile che quello memorizzato da Toffee nel suo cellulare non andasse più bene. E poi aveva voglia di uscire all'aria aperta, anche se fuori c'era un freddo cane.

Era già rimasto chiuso in casa per troppo tempo. Dentro casa si sentiva tremendamente solo. Preferiva stare in mezzo alla gente, per la strada. Anche quando non doveva incontrare nessuno in particolare. Così come faceva da bambino, quando viveva a San Francisco e passava delle interminabili giornate a girovagare per le vie di North Beach o sul lungomare della baia.

Si era appena fatto una doccia e si sentiva molto meglio, anche perché il mal di testa stava finalmente diminuendo. La "medicina" aveva funzionato come al solito. Come diceva spesso, "aveva fatto il suo sporco lavoro".

Forse anche grazie a questo, nella sua mente era riuscito a fare un po' di chiarezza sulla situazione e ora poteva concentrarsi sulle prossime mosse. Non c'era altro tempo da perdere. Prima di incontrarlo, suo padre doveva essere colpito di nuovo. E ancora una volta attraverso uno dei suoi figli.

Mi hai rovinato la vita, perché non ero all'altezza di stare insieme al resto della tua famiglia... Bene. Quando sarai ri-

masto solo, come lo sono stato io, allora forse capirai che cosa si prova. Quello sarà il momento in cui faremo i conti.

Quando aveva ucciso Pietro, anzi, già dal momento stesso in cui gli aveva detto chi fosse, sapeva di aver cominciato qualcosa da cui non si sarebbe certo potuto tirare indietro. Qualcosa che invece moriva dalla voglia di portare a termine.

Aveva ancora bisogno di Enzino. Si era ripromesso di non coinvolgerlo più in quella faccenda, ma non sapeva come altro fare. Si poteva fidare solo di lui. Perciò lo chiamò senza perdere un minuto.

– Ué.

– Oh, senti, scusa per prima...

– Stai tranquillo. Non c'è problema. Anzi, scusami te, se ti ho rotto le scatole...

– Vabbè, dai. Lascia stare. Senti, ti ho chiamato per chiederti di occuparti di una cosa.

– Dimmi tutto.

– Avrei bisogno di rintracciare una persona.

– Nella nostra zona?

– Non lo so. Cioè, credo che abiti a Milano, ma non so la zona precisa. Il suo nome è Alex Contini. Dovrebbe avere poco meno di trent'anni. Vorrei proprio sapere dove abita di preciso, oppure dove lavora... insomma, quello che riesci.

In quell'attimo, Toffee si rese conto di aver fatto una cazzata. Enzino avrebbe potuto aver letto il cognome sul citofono della casa di Bernardo, quando lo aveva mandato a darci un'occhiata. Se così fosse, avrebbe capito che c'entrava la storia del ragazzo morto. O comunque ci sarebbe arrivato se poi avesse raccolto davvero le informazioni che gli stava chiedendo di trovare.

Ma che cazzo sto facendo?

– Come? Non sei nemmeno sicuro che stia a Milano?

– Non al cento per cento, ma credo di sì.

– Merda. Se fosse uno della nostra zona potrei muovermi

a modo mio, ma così... dovrò appoggiarmi a qualcuno che usa Internet, Facebook e tutte quelle pirlate lì. Non ho molta simpatia per quei rimbambiti, lo sai, ma mi arrangerò.

– Vedi tu, basta che sia uno fidato, ok?

Enzino avrebbe voluto chiedergli di che cosa si trattava per capire se ci fosse di mezzo qualche casino grosso. Dopo le cose che gli aveva detto, o meglio non detto, su quello che era accaduto la sera prima, questa richiesta lo metteva un po' in ansia. D'altra parte, però, si era appena scusato per avergli fatto troppe domande. Così decise di non chiedere altro e di far finta di niente, per il momento.

– Sì, certo. Dammi un po' di tempo e vediamo cosa trovo.

– Va bene, grazie mille. Poi ci aggiustiamo come al solito, d'accordo?

– Certo, tranquillo. Allora ci sentiamo, okay?

– Okay. Fammi sapere.

– Sì, ciao.

Toffee tirò un sospiro di sollievo pensando che Enzino sembrava non aver mai sentito quel cognome. A quanto pareva, probabilmente non aveva capito nulla.

Cristo, però mi sto proprio rincoglionendo!

Comunque adesso aveva anche altre cose da fare.

Non sapeva quanto ci avrebbe messo Enzino a fornirgli le informazioni che gli aveva chiesto e nemmeno se ci sarebbe riuscito sul serio. Così, aspettando di avere notizie da lui, pensò che sarebbe stato il caso di tener d'occhio per un po' la casa di suo padre ad Assago, sperando di vedere passare da quelle parti proprio il fratellastro.

Così lo avrebbe potuto seguire fino a casa sua e infine presentarsi anche da lui, nello stesso modo in cui si era presentato a Pietro.

Ma per fare tutto questo gli serviva un mezzo suo, adesso che non poteva più contare sulla macchina di Rico.

Per procurarselo, però, aveva bisogno di soldi. E ne aveva bisogno subito. Per questo gli era necessario l'aiuto del Rumeno. Doveva vendersi tutta quella roba che gli avevano lasciato Rico e Tozzi.

Lui gli avrebbe senz'altro comprato molte di quelle cose, soprattutto il portatile, il televisore e tutti gli accessori, o comunque gli avrebbe trovato qualcuno interessato a farlo. Quello che avrebbe potuto guadagnarci, aggiunto a quel poco che aveva da parte, forse sarebbe bastato per procurarsi il mezzo che gli serviva.

In fondo gli bastava una cosa modesta. Pensava a uno scooter, anche perché l'auto non sapeva guidarla. Del resto, nemmeno lo scooter, ma immaginava che quello dovesse essere più semplice. Però non ne voleva uno rubato. Non voleva avere rogne. Quindi non sapeva se era il caso di appoggiarsi al Rumeno anche per quello.

D'altronde era difficile comprare un automezzo in regola, seppur usato, per uno come lui che non aveva nemmeno la patente. Chissà, forse il Rumeno gliene avrebbe potuto procurare una falsa. Sperava solamente che non gli ci volesse troppo tempo per riuscire a ottenere tutto.

Gli venne in mente di quando stava ancora in America e sua madre era uscita di casa un mattino, per andare a iscriversi all'esame per la patente, la *Driving Licence*, ed era tornata alle cinque del pomeriggio al volante di una Ford Tempo dell'89 di color verdone scuro, appena comprata in uno di quei grossi autosaloni di macchine usate.

Non sapeva spiegarsi perché, ma gli sembrava di ricordare che in California era sempre stato tutto più semplice.

Comunque, con sua mamma fecero giusto in tempo a godersi quella bella automobile per poco più di sei mesi. Fino a quando l'infarto le fece risparmiare altre sei rate.

Toffee a Milano, invece, aveva sempre girato a piedi e con

i mezzi di trasporto pubblici. Solo per un certo periodo aveva posseduto una bicicletta, ma non era durata molto. La sorte aveva voluto che gliela rubassero. O forse era stato il legittimo proprietario che era tornato a riprendersela. Non lo aveva mai saputo. In ogni caso, ne fece a meno senza troppi problemi.

Aveva sempre pensato che il fatto di non possedere una propria auto, o un qualsiasi altro mezzo, fosse un ottimo modo per rendersi il meno possibile rintracciabile. E fino a quel momento la cosa aveva funzionato molto bene per lui.

Si stava perdendo fra tutti quei ricordi, ma a un certo punto si svegliò e gli venne in mente che doveva darsi una mossa se voleva beccare il Rumeno ancora al bar. Così, finì di vestirsi in fretta.

Si era messo l'unico paio di jeans ancora pulito che aveva trovato nell'armadio. Erano blu, larghi come al solito, per nascondere le sue gambe sottili, e tenuti in vita da una cintura di pelle marrone quasi nuova. Aveva indossato le scarpe più belle che aveva. Delle Asics "Patriot", bianche, blu e nere, rimediate tempo prima in un negozio di via Sarpi. Sopra, invece, aveva il solito maglione verde militare e infine un giubbotto della Everlast blu, con il cappuccio, che proveniva dallo stesso posto nel quale aveva preso le scarpe.

Pensò che dopo tutto si comprava davvero bene in quel negozio. Era un peccato che non aveva più potuto tornarci.

D'altronde, il cinese non aveva gradito il fatto che Toffee si fosse riempito le tasche della giacca nuova con i soldi della cassa, prima di andarsene. Anche se in cambio gli aveva lasciato il suo vecchio giubbotto e le sue vecchie scarpe, a cui tra l'altro era molto affezionato.

In quelle stesse tasche, aveva appena ripescato per caso un pacchetto di sigarette ancora da finire. Stava raccogliendo il cellulare e il portafoglio dal divano, quando d'un tratto il suo sguardo cadde di nuovo sulla cuffia.

134

Ebbe un attimo di esitazione. Si diede ancora un'occhiata dubbiosa allo specchio e poi sorrise ironicamente alla propria immagine riflessa.

– Perché no?

Si tolse il cappellino dei Giants, dal quale non si separava mai, lo piegò e lo infilò in una tasca interna del giubbotto.

Poi prese la cuffia del suo fratellastro e se la mise in testa, specchiandosi di nuovo, questa volta con aria soddisfatta.

– Adesso ci siamo.

Quindici

Stefano aveva parcheggiato quasi davanti al suo portone. Spense il motore e si fermò in auto a riflettere, prima di salire in casa da Alex e Luisa.

Stava ancora cercando di raccogliere le idee per trovare le parole giuste da usare con Alex. Non capita tutti i giorni di dover fare un discorso simile al proprio miglior amico, e soprattutto in un momento come quello. Provò per un attimo a mettersi nei suoi panni e a immaginare che cosa potesse significare scoprire una cosa del genere. L'idea lo agitò ancora di più.

Continuava a rifletterci sopra, sempre più convinto che non c'era un modo migliore di un altro per parlarne: doveva dirglielo senza girarci troppo intorno e riferire semplicemente quello che sapeva. In fondo era lì in veste ufficiale, oltre che come amico.

Tirò un respiro profondo e si decise a uscire dalla macchina. Si accorse che gli tremavano le gambe per l'agitazione. Non gli era mai successo.

Facendo il carabiniere, gli era già capitato di trovarsi nel bel mezzo di drammi familiari da cronaca nera. Ma questa volta si trattava di persone vicine a lui, di una famiglia che aveva sempre creduto di conoscere bene. Una situazione troppo contorta per essere preparati a gestirla.

Mentre si incamminava con calma verso il portone e infilava una mano in tasca in cerca delle chiavi, Stefano pensò alla propria famiglia. Si chiese se fosse così sicuro di sapere tutto quello che c'era da sapere e se dei segreti del genere potessero mai esistere anche per loro.

I suoi genitori erano ancora entrambi vivi ed erano ancora sposati. Apparentemente felici e con una vita alla spalle piuttosto monotona. Di sicuro, suo padre non aveva lasciato figli oltre oceano. Eccezion fatte per la naia e per il viaggio di nozze, non era probabilmente mai uscito dai confini della Lombardia. Ma forse, nel corso di una vita, tutti finiamo per avere delle storie da nascondere, anche alle persone più care.

D'un tratto si svegliò da quei pensieri, per tornare a concentrarsi su quello che doveva dire ad Alex, e si accorse di essere già dentro all'ascensore, in salita verso il terzo piano.

Rendendosi conto che dopo pochi secondi si sarebbe trovato di fronte al suo amico, fu preso immediatamente dal panico. Sentiva già un sudore gelido iniziare a scendergli dalle tempie e per un attimo fu colto dall'istinto di fermare l'ascensore e tornare indietro.

No. Così non va bene. Devo calmarmi.

L'ascensore si fermò e le porte si aprirono.

Chiuse gli occhi, inspirò con il naso ed espirò con la bocca. Riaprì gli occhi e uscì dall'ascensore.

Le gambe tremavano ancora. Restò nel corridoio per qualche secondo, cercando di costringersi ad assumere un aspetto apparentemente calmo. Avanzò verso la porta di casa, ma senza avere ancora l'intenzione di aprirla.

Si sbottonò la giacca e si chiese come aveva fatto ad accettare quell'incarico con tanta leggerezza. Era stato un idiota. Era tutto sbagliato.

Probabilmente, in quel momento Alex si stava riposando. O ci stava provando, per lo meno. Forse doveva aspettare e tornare più tardi. Almeno per dargli un attimo di pace, prima di quest'altra mazzata.

138

Sì, e poi? No, no. Devo farlo adesso e togliermi questo peso. Ora.

Gli venne in mente che c'era anche Luisa in casa. Per correttezza, prima avrebbe dovuto parlare da solo con Alex, ma dopo anche lei forse gli sarebbe stata di aiuto. Era contento che ci fosse anche la Lu. Alex si fidava di lei e si erano sempre raccontati tutto.

Allora andiamo, che aspetto?

Si avvicinò alla porta blindata e infilò finalmente la chiave nella toppa. Girò piano la chiave, stando attento a far meno rumore possibile. Se Alex stava dormendo, non voleva svegliarlo di soprassalto. Aprì lentamente ed entrò, aspettandosi di sentire la voce o il rumore di qualcuno che si accorgesse del suo arrivo. E invece niente.

Attraversò con tre passi il minuscolo ingresso, fino ad affacciarsi al soggiorno, e si guardò intorno. Non vedeva e non sentiva nessuno.

Forse Luisa e Alex si erano addormentati insieme sul suo letto. Anche lei doveva essere stanca. Non li chiamò ad alta voce, per paura di svegliarli, e così arrivò fino alla stanza da letto e sbirciò senza fare rumore dalla porta semiaperta. Il letto era vuoto, disfatto. A occhio e croce proprio come lo aveva lasciato lui.

Gli fu impossibile non accorgersi che il suo portatile, appoggiato sulla scrivania, era acceso. Il salvaschermo faceva roteare e oscillare continuamente la scritta argentata "Pazza Inter!". Quando era uscito, al mattino presto, per andare all'ospedale da Alex, era senz'altro spento. Qualcun'altro doveva averlo usato da poco.

Alex o Luisa, certamente. Ma perché?

Prima di dare un'occhiata al computer, per sicurezza aprì anche la porta del bagno, che era proprio a fianco alla camera, e guardò dentro. Nessuno.

Avrei dovuto chiamare prima, per assicurarmi che fossero in casa. Magari Bernardo o qualcun altro li ha chiamati dall'ospedale. Speriamo non sia successo nient'altro. Ma a cosa gli sarà servito il computer?

Si andò a sedere davanti al computer e mosse leggermente il mouse per far sparire il salvaschermo.

Una mappa di Google era aperta a pieno schermo. Cliccò su un'icona e portò in primo piano la finestra di un altro programma ancora aperto.

Non era un programma che aveva installato lui, ma non era la prima volta che lo vedeva. Glielo avevano mostrato proprio Alex e Pietro, non molto tempo prima.

In un paio di secondi ricostruì nella sua mente il tutto e gli si gelò il sangue nelle vene.

– No, no, no, noo... Cristo, Ale!

Mentre imprecava a denti stretti, tirò fuori freneticamente il cellulare dalla tasca della giacca, senza riuscire a staccare gli occhi dallo schermo del portatile.

Le dita tremolanti digitarono le lettere "l-u-i" e il primo nome che venne fuori dalla rubrica fu quello di Luisa.

Attese nervosamente per quattro lunghi squilli prima che la Lu rispondesse: – Pronto, Ste?

– Lu! Dove sei? Dov'è Alex?

Il suo tono di voce fece subito capire a Luisa che c'era qualcosa che non andava.

– Sono in macchina e sto tornando a casa tua. Alex è lì. Ho dovuto fare una scappata a casa da mio figlio. Perché? Che c'è? È successo qualcosa?

– Sono arrivato ora a casa mia e Alex non c'è!

– Come "non c'è"?

– No, non c'è, ma quando tu lo hai lasciato non ti ha detto niente?

– Oh, merda, sarà tornato in ospedale... ma perché è an-

140

dato via così? E poi è anche senza macchina. Scusa, è colpa mia, dovevo stare con lui, solo che mi ha chiamato mia mamma... non volevo nemmeno andare, ma poi è stato lui a dirmi di stare tranquilla, che mi avrebbe aspettata lì.

– Ma te lo ha detto lui che voleva tornare all'ospedale?

– No, non mi ha detto proprio niente. Anzi, eravamo d'accordo che più tardi l'avrei riaccompagnato io a dare il cambio a suo padre. Ma dove altro può essere andato? Hai già provato a chiamarlo?

– No, ora lo chiamo, ma il problema è che penso di sapere già dove sia, o per lo meno dove stia andando. E non credo sia l'ospedale.

– Come sarebbe?

– Sarebbe che sta facendo una cazzata!

In piedi, di fianco alla porta anteriore del 91, attaccato a un corrimano, Alex osservava la strada, aspettando impaziente di arrivare alla sua fermata. Era troppo nervoso per stare seduto.

Poco più di mezzora prima non si sarebbe mai immaginato di trovarsi in quella situazione. Ripensò alla coincidenza di eventi che lo aveva portato a salire su quell'autobus.

Quando Luisa era uscita da casa di Stefano, si era messo al computer. Aveva aperto Google e aveva cercato il sito dell'azienda produttrice del casco a connessioni neurali di suo fratello. Si ricordava perfettamente il nome del software che gli serviva. Lo aveva trovato, scaricato e installato in pochi minuti.

Quel programma permetteva di localizzare la posizione geografica del casco, con una approssimazione di pochi metri, grazie al segnale satellitare. Tempo fa lui e Pietro ne erano venuti per caso a conoscenza, lo avevano scaricato per pura curiosità e avevano imparato a usarlo.

Normalmente, questa funzione non avrebbe avuto una grande utilità per una persona nelle condizioni di Pietro, che per muoversi da casa, doveva per forza essere accompagnato e non aveva quindi alcun bisogno di essere controllato a distanza nei suoi spostamenti. Ma quel casco era stato ideato e progettato per diversi tipi di applicazioni, non solo per il supporto a portatori di handicap. Il sistema satellitare di localizzazione non era altro che una delle varie funzioni comprese nel pacchetto.

Pietro ci aveva scherzato sopra più di una volta: – È ancora poco, – diceva – con quello che lo abbiamo pagato, dovrebbe essere in grado di farmi tornare in funzione le gambe... tutte e tre!

Ripensando a quella battuta, e a come Pietro sapesse ridere perfino di se stesso, non poté contenere l'amarezza che fece straripare qualche altra lacrima dai suoi occhi. Si asciugò subito le guance con una mano e continuò a fissare la strada.

Si era ricordato persino il nome utente e la password da usare per collegare il programma in rete. Li aveva scelti lui stesso, insieme a Pietro, per registrare il numero di serie del suo casco e agganciare quest'ultimo al sistema di rilevazione satellitare.

Sapeva che la batteria interna del casco era in grado di mantenere il sistema continuamente acceso per circa trentasei ore e sapeva che Pietro lo metteva sotto carica tutte le notti. Questo significava che il casco era rimasto acceso autonomamente dal mattino del giorno prima, cioè per trentadue ore circa. Perciò, in teoria, se non era stato danneggiato e se le batterie tenevano, avrebbe dovuto essere ancora rintracciabile.

Rivide le immagini sullo schermo del computer passargli davanti agli occhi.

"Logging into your account..."

142

"Welcome, Pietro"

"Device information being retrieved..."

"Please wait. your device is being geolocated..."

Se, usando quel programma, la posizione segnalata non avesse indicato nulla che corrispondesse all'ospedale o alla casa di Assago, avrebbe significato che era stato preso dai rapinatori e portato via. Ed era proprio così.

"Done. Your device has been successfully geolocated"

Un secondo dopo era apparso sullo schermo del computer una mappa di Google raffigurante un quartiere di Milano. Un'icona rossa a forma di puntina da disegno campeggiava al centro esatto della mappa, proprio sul bordo di un rettangolo che rappresentava un edificio affacciato su una strada: viale Migliara.

Cliccando su un pulsante aveva fatto riapparire la stessa mappa in una nuova finestra, direttamente dalla pagina web di Google Maps. Da lì, usando le immagini fotografiche di Street View, aveva potuto vedere l'aspetto reale di quella strada, all'altezza del punto localizzato dal programma.

Aveva osservato a lungo le immagini, ruotando a poco a poco la prospettiva fino a completare il giro di 360 gradi. Aveva spostato ripetutamente la visuale avanti e indietro lungo quel tratto di strada, per imprimersi bene in mente l'aspetto del palazzo e di quelli circostanti, nei cui pressi si sarebbe dovuto trovare il casco. Poi, si era accertato del percorso che doveva fare per arrivarci con i mezzi pubblici, dal momento che era senza auto.

A quel punto, se le persone che stava cercando avessero avuto ancora con loro quell'oggetto, avrebbe saputo esattamente dove rintracciarle. A pensarci bene, le possibilità che fosse andata effettivamente così erano poche. Ma finora era andato tutto incredibilmente come aveva sperato. Perché non provarci?

Si era segnato tutto su un foglietto di carta, quindi si era rimesso scarpe e giacca ed era uscito di corsa. Una volta in strada, si era incamminato a passo spedito verso la fermata del 91 che distava quasi un chilometro dal palazzo di Stefano. L'autobus lo avrebbe portato proprio in viale Migliara.

Ormai mancava poco. Si erano appena richiuse le porte e l'autobus stava ripartendo dalla rotonda di piazzale Zavattari. Spinse il pulsante per prenotare la fermata seguente.

Fu proprio allora che finalmente focalizzò il problema più ovvio.

Ma come faccio a trovare quella gente? Mica sventoleranno la cuffia di Pietro dalla finestra per dire: – Ehi! Siamo qua!

Credeva di aver avuto una grande idea, ma era talmente stanco e stordito da tutto quello che era successo, che invece aveva clamorosamente trascurato quel dettaglio a dir poco fondamentale.

Aveva solo pensato a individuare e raggiungere il luogo dove avrebbe dovuto trovarsi la cuffia, e a quello che avrebbe fatto, una volta incontrate le persone che cercava. Ma fino a quel momento, non si era nemmeno chiesto come le avrebbe riconosciute, sempre che ci fossero state. Senza contare che quasi sicuramente avevano gettato la cuffia in qualche bidone della spazzatura e ora chissà dov'erano.

In un attimo, si spense in lui l'entusiasmo che aveva avuto fino a pochi secondi prima. Forse avrebbe dovuto semplicemente lasciare che se ne occupassero i carabinieri.

Ma, per Dio, è tuo fratello quello che hanno ammazzato! Ora ci vai e poi vediamo che succede. Anche se non servisse a nulla, questa cosa la devi fare.

L'autobus rallentò, accostando leggermente, e si fermò.

Non servirà a niente, è praticamente impossibile, ma se ci fosse anche una sola possibilità, li devo trovare prima io quegli schifosi! Li voglio vedere in faccia senza che loro sappiano chi sono io.

144

Le porte si aprirono.

E quando me li trovo davanti?

L'autista, aspettando di poter richiudere le porte, allungò lo sguardo nello specchio retrovisore perché ancora non aveva visto nessuno scendere.

Vedremo...

Alex scese di scatto e le porte si richiusero.

Sedici

Alex si guardò intorno per cercare di capire in che direzione incamminarsi. Eccolo là. A circa duecento metri da lui in direzione di piazzale Lotto. Quello era il palazzo indicato dal localizzatore satellitare. Un vecchio edificio di tre piani, la cui squallida facciata spiccava in mezzo a quelle circostanti per il suo evidente stato di trascuratezza.

Il cellulare squillò proprio in quel momento. Lo tirò fuori dalla giacca. Era Stefano. Ci pensò sopra un secondo e decise di non rispondere.

Non me la sento di parlargli adesso. Penserà che sto dormendo e mi richiamerà più tardi.

Quando il cellulare smise di suonare, lo impostò in modalità silenziosa e lo rimise in tasca. S'incamminò e iniziò a pensare a cosa fare una volta davanti al portone di quel palazzo.

Per prima cosa, avrebbe fatto un giro dell'isolato per controllare che il casco non fosse semplicemente stato buttato per terra, magari da una macchina in corsa, o infilato in un cassonetto della spazzatura. Una parte di lui incominciava a sperare che fosse andata davvero così.

Se non avesse trovato nulla nei dintorni, avrebbe significato che il casco era effettivamente all'interno di quel perimetro. Anche se fosse stato gettato comunque in un cassonetto condominiale, il semplice fatto che si trovava lì dentro voleva dire quasi sicuramente che uno dei rapinatori, o qualcuno a cui era stata data la refurtiva, abitava proprio in quello stabile.

Bene, e poi cosa faccio? Mi metto a suonare a tutti i campanelli e quando qualcuno apre la porta gli chiedo: – Senta, è lei che ha ammazzato mio fratello?

Ma che cazzo ci sono venuto a fare qua?

Enzino era appena uscito di casa.

Non gli piaceva restare in casa la domenica pomeriggio. Lo spettacolo di sua madre stravaccata davanti al televisore, mentre si faceva fuori una birra dietro l'altra, era troppo deprimente.

Inoltre aveva da fare. Voleva saperne di più di quella storia. Continuava a pensare alla cuffia, a quell'articolo di giornale e soprattutto alle parole di Toffee al telefono.

In effetti, già da tempo aveva notato che il suo amico non era più lo stesso. Forse stava tirando più coca del solito. Forse aveva bisogno di aiuto. Ma era difficile che uno come lui si facesse aiutare. Per di più da un ragazzino.

Qualche volta aveva provato a fargli delle domande, ma col solo risultato di farlo innervosire.

Devo parlare con quei due. Loro lo sapranno cosa sta combinando Toffee.

Per prima cosa provò a chiamare Tozzi che, dei due, era quello più debole di cervello e quindi più malleabile. Con un poco di pazienza, da lui avrebbe tirato fuori senz'altro qualcosa.

– Pronto? – Dalla voce sembrava che si fosse appena svegliato.

– Ciao, Tozzi. Sono Enzino.

– Oh, ciao.

– Stavi mica dormendo?

148

– Insomma... va be', non fa niente. Che c'è?

– No, è che volevo chiederti una cosa... riguarda Toffee. Senti, vuoi uscire a mangiare qualcosa? Magari andiamo da McDonald?

Sapeva che non avrebbe detto di no. Se Toffee aveva un problema con la coca, Tozzi ne aveva certamente uno con i cheeseburger. Enzino era convinto che con la bocca piena sarebbe stato più facile farlo parlare.

– Eh? Da McDonald? Maa... Ma perché? Toffee ti ha detto qualcosa?

– No. Beh, senti, non mi va di parlarne al telefono. Perché non ci vediamo? Ci facciamo un panino, tranquilli.

Tozzi non era sicuro, ma dopo qualche attimo di esitazione pensò che in fondo non aveva nulla da temere da un ragazzo come Enzino. Comunque, anche se avesse accettato di vederlo, non sarebbe stato tenuto a dirgli niente di quello che era successo.

– Dai, va bene.

– Allora passo a citofonarti e andiamo?

– Okay.

– Sono lì fra cinque minuti.

– Va bene. Ciao.

– Ciao.

Tozzi non si domandò nemmeno come facesse Enzino a sapere dove abitava.

Se Enzino fosse stato un poliziotto, sarebbe potuto essere un perfetto infiltrato di qualche squadra antimafia, antidroga o anti-qualsiasi-cosa. Sapeva tutto di tutti, ma nessuno sapeva nulla di lui. Poteva dire senza difficoltà dove vivevano praticamente tutti quelli che conosceva. Anche se non ce lo avevano mai portato e anche se non gliene avevano mai parlato. Viceversa, quasi nessuno sapeva esattamente dove abitava lui. D'altronde a chi poteva importare? Era solo un ragazzino.

Eppure, la rete di informatori di quel ragazzino era più estesa di quanto si potesse mai immaginare e conosceva la zona ovest di Milano come pochi. Se volevi rintracciare qualcuno da quelle parti, Enzino era senza dubbio la persona che faceva al caso tuo.

Questa sua capacità di ottenere informazioni, passando sempre inosservato, col tempo era diventato un modo come un altro per guadagnarsi qualcosa. Non per niente Toffee si era rivolto a lui per rintracciare Alex.

Ivo, insieme a Clara, aveva raggiunto Bernardo in ospedale poco dopo che Alex e Luisa se ne erano andati. Da quel momento era rimasto per tutto il tempo a fianco a lui.

Clara era appena uscita per andare al bar dell'ospedale a prendere dei caffè e aveva convinto i suoceri di Bernardo ad accompagnarla, giusto per cambiare aria qualche minuto. Le loro facce tradivano la stanchezza, oltre che la sofferenza.

Bernardo, invece, stava iniziando a mostrarsi un po' più presente con la testa. Stava reagendo. Ivo ne approfittò per farlo parlare. Probabilmente gli avrebbe fatto bene.

– La polizia ha fatto già il sopralluogo, vero?

– Sì, siamo andati anche noi.

– Ed è uscito fuori qualcosa? Hanno trovato niente di particolare?

– E che cosa vuoi che abbiano trovato? Pensa che non c'erano nemmeno segni di effrazione. Devono essersi fatti aprire da Pietro. Ma perché gli ha aperto? Perché?!

– Magari hanno trovato una finestra non del tutto chiusa o che so io... magari quella del bagno.

– No, sono sicuro di aver lasciato tutte le finestre chiuse e Pietro non era in grado di andare in bagno da solo. Chissà come hanno fatto a farsi aprire, quei bastardi! Ma poi a quell'ora... perché non sono venuti a notte tarda? Almeno ci sarei stato anch'io in casa.

– Hanno chiesto ai vicini?

– Sì, ma non so ancora cosa gli abbiano detto. Ci hanno riaccompagnato in ospedale subito dopo aver finito il sopralluogo in casa e poi hanno continuato il loro lavoro.

– Ah, okay.

– Ma perché se la sono presa con Pietro? – Bernardo stava di nuovo piangendo. – Perché non si sono portati via tutto quello che era in casa e basta?

Ivo gli appoggiò una mano sulla spalla.

– Ehi, lo sai che devi essere forte anche per Alex, vero? Eh? Mi raccomando.

Bernardo fece un lunghissimo sospiro. Aveva di nuovo lo sguardo perso nel vuoto.

– Lo so. Lo so.

Era già la terza volta che Stefano provava a chiamare Alex, ma lui continuava a non rispondere. Si rassegnò e cercò di concentrarsi sulla strada. In quel momento si accorse che il semaforo al quale si stava avvicinando era rosso e frenò bruscamente.

Un attimo dopo squillò il suo cellulare. Rispose senza nemmeno guardare il display: – Alex?

– No, sono Luisa. Non l'hai trovato?

– No. Continuo a chiamarlo ma non risponde. Sei stata a casa sua?

– Sono qua. Al citofono non risponde.

– Io sto andando in viale Migliara. Tra poco sarò lì. Ti faccio sapere.

– Okay, però dobbiamo avvisare subito suo padre. Deve sapere che Alex potrebbe essere in pericolo.

– Sì, hai ragione. Lo chiamo subito.

– Ci risentiamo dopo.

– Fammi sapere appena lo trovi, okay?

– Sì, stai tranquilla. Ciao.

– Ciao.

Il semaforo era verde e Stefano ripartì, ma subito dopo aver superato la rotonda di via Buonarroti decise di accostare l'auto e fermarsi per telefonare con calma a Bernardo. Era già abbastanza nervoso e quella conversazione sarebbe stata molto delicata.

Raccolse ancora le idee per qualche istante e infine si decise a chiamare il cellulare di Bernardo. Dopo un paio di squilli, sentì la sua voce.

– Ciao, Ste.

– Ciao, Berny. Scusami, ma ti devo parlare. C'è qualcuno lì con te? Vorrei che non ti ascoltasse nessuno.

– Ma di che si tratta?

– Di Alex.

– Perché? Cos'è successo?

– Niente, per ora. Però io sono tornato a casa poco fa e lui non c'era più.

– Beh, ma hai provato a chiamarlo?

– Sì, non risponde, ma io credo di sapere dove sta andando e vorrei parlarti.

– Cioè? Che sta succedendo?

– Se sei con qualcuno, puoi metterti in disparte col cellulare, per favore? Adesso ti spiego.

– Va bene, aspetta un attimo.

Bernardo si alzò e uscì dalla stanza.

– Ti ascolto.

– Vedi, quando sono rientrato in casa ho trovato il computer acceso. L'ha usato lui di sicuro. Ti ricordi quel programma per localizzare il casco di Pietro via satellite?

– Sì, ma...

– Pietro non aveva il casco quando lo hai trovato in casa ieri sera, vero?

152

Bernardo cercò di focalizzare bene l'immagine di suo figlio, steso per terra in mezzo a tutto quel sangue. Le uniche cose che ricordava chiaramente erano la bocca e gli occhi di Pietro nei quali aveva cercato con insistenza dei segni di reazione. Cercò di sforzarsi. La sua memoria gli restituiva un'immagine sfocata ma inequivocabile. Gli sembrava impossibile che non ci avesse fatto caso fino a quel momento. Il casco non c'era.

– Berny? Mi senti?

– No, hai ragione, non lo aveva. Ma allora vuoi dire che se lo sono portati via e che Alex ha usato il programma per...?

– Esatto.

– Allora dobbiamo fermarlo subito! Bisogna richiamare i carabinieri!

– Certo, te li chiamo io, ma prima ti dovrei dire un'altra cosa molto importante.

– Che cosa?

– Dopo che me ne sono andato dall'ospedale, sono stato alla caserma di Assago perché Di Donna mi voleva parlare. C'è una cosa che devi sapere. Mi è stato proprio chiesto di parlarne per primo a te e ad Alex, perché sono un vostro amico... Ero andato a casa per questo. Volevo parlarne prima con lui e poi con te, ma adesso devo dirtelo. Non posso aspettare.

– Ma che cosa?

– L'altra notte, Pietro era riuscito a chiamare il 112 mentre i ladri entravano in casa. Non aveva fatto in tempo a parlare con l'operatore, prima di trovarseli davanti, ma la telefonata è rimasta aperta per alcuni minuti ed è stata registrata. Me l'hanno fatta ascoltare poco fa, in caserma, e si sentono le voci di Pietro e di un'altra persona che parlano...

– E allora?

– Beh, l'altra persona... dovrebbe essere Andrea.

Bernardo restò fulminato da quel nome.

Conosceva molti Andrea, ma era ovvio a quale si riferisse Stefano. Quello era il nome di un fantasma. Fece uno sforzo incredibile per reggersi sulle proprie gambe. Appoggiò la schiena al muro per non cadere. Non riuscì a dire una sola parola.

– Capisci? Non è stato un furto. Era lì per voi. Berny, i miei colleghi mi hanno spiegato tutto quello che è stato documentato su questa storia di Andrea e volevano che io ne parlassi a voi con calma, per poi accompagnarvi da loro e chiarire le cose. Per questo ero tornato subito da Alex. Lui non mi aveva mai parlato di una cosa simile. Glielo avevi tenuto nascosto, vero? E anche a Pietro.

Bernardo continuava a non rispondere.

– Berny? Berny?

– Sì.

– Hai capito che cosa sta succedendo?

– Ho capito.

Diciassette

I sedili dell'auto erano talmente freddi che Rico sentì un brivido gelido percorrergli la schiena, non appena si fu seduto al volante. Avviò il motore e subito dopo si accese lo stereo dal quale uscì la solita estasiante voce di Freddie.

"... No wrong, no right
I'm gonna tell you there's no black and no white!
No blood, no stain
All we need is one world wide vision!
One flesh, one bone, one true religion..."

Non capiva un accidente delle parole, ma quando era solo in macchina era capace di cantare a squarciagola tutto l'intero Cd, adottando una sua personalissima versione dei testi.

Se ne stava andando allo stadio. C'era la partita, ma a lui non interessava. Ci andava solo per prendersi un panino con la salsiccia dai soliti ambulanti. Gli piacevano da morire quei panini e la domenica andava sempre a mangiarsene uno.

Aspettava sempre che la partita fosse già iniziata, quando intorno allo stadio era quasi deserto. Così non doveva aspettare e poteva gustarsi il suo panino in tutta tranquillità, con la salsiccia cotta a dovere. Quello era il suo pranzo della domenica.

Inoltre, un controllore dei parcheggi a San Siro era suo amico e quindi poteva andare allo stadio in auto e parcheggiare il più vicino possibile, senza spendere nulla. Rico non andava mai in nessun posto dove fosse costretto ad allontanarsi troppo dalla propria macchina. Non gli piaceva nemmeno usare i mezzi pubblici. In tutta la sua vita non era nemmeno mai sceso nei sotterranei della metro.

Alcune note di pianoforte stavano introducendo *We are the champions*, quando suonò il suo cellulare. Abbassò il volume. Era Tozzi.

– Che vuoi?

– Senti Rico, sono con Enzino. Sai, l'amico di Toffee.

– E allora?

– Mi stava parlando di quello che è successo ieri sera...

– Come sarebbe? Cosa gli hai detto? Sei diventato tutto scemo?

– No, no! Aspetta! Lui sapeva già quasi tutto. Glielo ha detto Toffee.

– Quello stronzo... Comunque, si può sapere cosa vuole da noi Enzino?

– Beh, mi ha chiesto un favore. Lo sai, lui spesso ci dà una mano...

– Ma che favore?

– Ce l'hai tu quel borsellino che abbiamo preso in quella casa, vero?

– Sì, ce l'ho qua nel cruscotto. Più tardi volevo andare a vendermi i documenti.

– No, aspetta. Sono proprio quelli che gli interessano a Enzino. Ti scoccia mica portarceli un attimo per farglieli vedere?

– Ma che cazzo gliene frega a lui?

– Mi ha raccontato di una telefonata di Toffee e di altre cose... Dice che deve aver combinato dei casini, ma lui non vuole parlarne ed Enzino vuole saperne di più.

– E io invece no! Non voglio saperne più niente di quel tossico! Mi sembra che eravamo d'accordo su questo.

– Lo so, lo so. Ma non dobbiamo fare niente. Vuole solo vedere quei documenti. Ha visto una foto a casa di Toffee e...

156

Insomma, per farla breve, vorrebbe dare un'occhiata alle foto sui documenti e leggere il nome di quel tipo.

– Ma perché cazzo sei andato a dirgli che avevamo quel borsello? Sei proprio un cretino... E che si crede di fare, quel ragazzino? Non è che ci mette nella merda a tutti quanti?

– Ma no, lo sai che Enzino è un tipo sveglio. È solo che è amico di Toffee e allora...

– Ma che cazzo vuole sapere? Ha fatto fuori un handicappato, il "suo amico"...

– E dai, cosa ti costa? Enzino si è sempre comportato bene, no?

– Che palle! Ma proprio adesso?

– Ma sì, dai. Così lo facciamo contento e chiudiamo con 'sta storia una volta per tutte.

– Siete due rompicoglioni! Dove siete?

– Siamo al solito McDonald, ci raggiungi?

– Sì, arrivo, arrivo.

Quando ritornò da Ivo, dopo la telefonata con Stefano, Bernardo sembrava, se possibile, ancora più sconvolto di prima. Era una corda di violino. Mentre rimetteva il cellulare nel taschino, la sua mano tremava visibilmente.

Riprese il suo posto a sedere accanto a Ivo. Non riusciva a tener ferme le gambe.

– Oh, ma che cos'hai? Chi era al telefono?

– Era Stefano.

– Ma è successo qualcosa?

– Ho bisogno di un favore. Mi devi dare uno strappo in un posto. Non ho tempo di andare a prendere la mia macchina e inoltre non mi sento in condizioni di guidare.

Il suo viso era rosso, una vena enorme pulsava sulla sua tempia destra e il bianco degli occhi umidi era sempre più invaso da rovi di capillari.

– Ma dove? Berny, mi stai spaventando.

– Scusa, forse è il caso che ti parlo di tutto in auto, mentre ci andiamo. Non è una cosa facile da spiegare. Ma a questo punto...

– Ma vuoi lasciare i nonni qui? E Alex, non lo aspetti? Lo sa di questa cosa?

– Beh, no. In realtà è da lui che stiamo andando, ma dopo ti spiego meglio. Scusa, pensi che Claretta potrebbe stare qua coi nonni per favore? Solo fino a quando non torniamo. Ti prego.

– Ma certo, per quello non c'è problema, però...

– Allora, per favore, aspettami un minuto. Vado in bagno, cerco di calmarmi e sciacquarmi la faccia. E poi andiamo, okay?

– Va bene, come vuoi.

Bernardo andò al bagno e ritornò dopo un paio di minuti. Non aveva certo una bella cera, ma perlomeno ora riusciva quasi a controllare i nervi.

– Aspettiamo che torni Clara coi nonni e...

In quel momento riapparve proprio lei, di ritorno dal bar insieme ai nonni di Alex. Avevano portato due caffè anche per Bernardo e Ivo.

– Ehi, ma che c'è? Che è successo?

Anche se non aveva sentito nulla di quello che si erano detti, l'aspetto di Bernardo fece preoccupare immediatamente lei e i nonni che si avvicinarono aspettando di sentire la sua risposta. Ivo guardò Bernardo, aspettando che lui si spiegasse.

– Vi chiedo scusa, ma ora Ivo mi dovrebbe accompagnare in un posto... È una cosa urgente.

– Ma è successo qualcosa? – insistette Clara.

– No, ma devo assentarmi per un po' e non ho la mia macchina. Così Ivo mi fa il favore di accompagnarmi. Torniamo più tardi. Claretta, scusa, resteresti per favore qua con i nonni?

Lei diede uno sguardo furtivo a Ivo, che le rispose con un cenno di intesa del capo.

– Certo, figurati. Se hai bisogno... ci sto io qua con loro. Andate pure.

– Grazie, sei un tesoro.

Nonno Renzo, per nulla convinto, intervenne nella conversazione. – Ma possiamo sapere cos'è successo?

– Non preoccupatevi, non è nulla di grave, ma mi devo occupare di questa cosa adesso. Abbiate pazienza e restate voi per favore qui con Pietro. Bisogna che qualcuno di famiglia rimanga qua. Comunque torniamo presto, non staremo via molto. Giusto il tempo di sbrigare questa cosa, okay? Perdonatemi.

– Sì, ma mi sembri troppo agitato... è successo qualcosa. Alex sta bene?

– Sì, certo. Devo sentire anche lui, proprio per questa cosa... Adesso proverò a chiamarlo.

– Ma non dovevamo farlo riposare?

– Sì, ma ho bisogno di avvertirlo di questa faccenda. Anche a me dispiace disturbarlo, però...

Bernardo non sapeva più cosa dire. Si era alzato e con un'occhiata stava invitando Ivo a fare lo stesso. In quel momento non riusciva a pensare a una qualunque scusa plausibile e perciò doveva scappare prima che le domande diventassero troppo insistenti. Ivo lo stava seguendo.

– Vabbè, se proprio devi andare, ci stiamo noi qua. – La mite voce di nonna Teresa intervenne così, con perfetta, quanto involontaria, tempestività.

Anche Clara volle rassicurare Bernardo. – Non preoccuparti, mi fermo io con loro, non c'è problema.

– Ma non ce n'è bisogno. Io e mia moglie possiamo stare anche da soli.

– Oh, lo so, ma almeno ci teniamo compagnia e facciamo stare più tranquillo Berny, no?

Così dicendo, gli occhi verdi di Clara sorrisero a quelli di Bernardo.

– Non so come ringraziarti, Claretta. Scusami.

– Non dirlo neanche per scherzo. Andate, andate... però chiamate. Non fateci stare in pensiero, mi raccomando.

I due amici salutarono tutti e si avviarono verso l'uscita a passo spedito.

Attraversarono quel freddo corridoio, il vialetto che portava al parcheggio e alcune file di macchine, sempre senza dirsi una parola, fino a quando non furono saliti in auto.

– Allora dove stiamo andando?

– Viale Migliara. Sai qual è?

– Sì, lo so. Per andare a piazzale Lotto, no?

– Esatto.

– Ma cosa ci andiamo a fare?

– È per Alex. A quanto mi ha detto Stefano, è probabile che sia già lì e dobbiamo andare da lui. Potrebbe trovar... trovarsi in una brutta situazione.

– E perché?

– Mi sembra impossibile.

– Scusa, Berny, ma vorrei che mi dicessi chiaramente come stanno le cose. Ci stai facendo preoccupare tutti.

– Hai ragione. Te ne parlo, ma finché non si risolve tutto devi tenertelo per te, d'accordo? In fin dei conti, tu sei l'unico che è già al corrente di qualcosa. Ma intanto parti. Non c'è tempo da perdere.

Ivo mise in moto e Berny iniziò a raccontare.

– Ti ricordi di Andrea? Vero?

– Intendi...

– Sì, quell'Andrea lì.

– Sì che mi ricordo. Come potrei scordarmi quella storia.

– Beh, a quanto pare quella storia non è ancora finita.

160

Toffee era già al bar Rocco da alcuni minuti. Stava bevendo una Corona seduto a un tavolino e aveva la cuffia sempre in testa. Quel giorno, il bar gli sembrava più squallido del solito. Stava fissando alcune crepe nell'intonaco dei muri, quando sentì la porta aprirsi e vide entrare il Rumeno.

Si guardò intorno come se stesse cercando qualcuno e vide Toffee con quello strano copricapo in testa che lo salutò facendogli cenno di avvicinarsi.

– Ciao, Americano. Hai preso botta in testa?

– No. È il mio nuovo cappello. Ti piace?

– Bella roba.

– Prenditi una birra, volevo chiederti una cosa.

– No, grazie, preferisco un caffè. Tino! Mi fai uno macchiato?

Il barista, senza dire niente, si mise all'opera e dopo pochi secondi sfornò una tazzina fumante e la appoggiò sul bancone. Il Rumeno prese il caffè e se lo portò al tavolino per sedersi con Toffee.

Bevve il caffè con un paio di sorsi e poi si schiarì la voce. Pensò che Toffee aveva un'aria molto strana. E non solo per il cappello.

– Dimmi tutto.

– Ho un bel po' di roba. Computer, Dvd e altre cose del genere. Mi compri qualcosa?

– Certo. Dove ce l'hai?

– A casa mia. Vuoi venire a vedere?

– Quando?

– Anche adesso.

– Va bene. Facciamo in fretta però, che devo vedere una persona qua, tra poco.

– Okay.

Toffee lasciò la birra a metà ed entrambi si alzarono. Il Rumeno andò a pagare il caffè mentre lui usciva dal bar.

Gli piaceva il modo di fare del Rumeno. Non perdeva tempo e non ne faceva perdere agli altri. E quando diceva una cosa, era quella.

Il Rumeno aveva la sua Bravo ultra-elaborata parcheggiata praticamente davanti al bar. Salirono in macchina, si allacciarono le cinture firmate Momo Corse, e il Rumeno partì come un razzo.

– A proposito. C'è un'altra cosa che volevo chiederti.

– Cosa?

– Voglio prendermi uno scooter.

– Ah, e che ci fai?

– Niente. Non so come buttare via i soldi... Secondo te che ci faccio?

– Io non ti ho mai visto guidare.

– Infatti, mi serve anche una patente.

– Si può fare. Ma come mai ti è venuta questa cosa di scooter?

– Così. Mi sono rotto le palle di girare a piedi.

– Quanto vuoi spendere?

– Non so, non mi sono mai occupato di auto o di moto. Quanto potrà costare uno scooter? Anche vecchio, mi basta che vada. Mica devo farci le gare.

– Certo, certo. Mi devi dare un po' di tempo, però... vediamo cosa mi capita per mani, okay? Magari anche un cinquanta che puoi guidare senza patente.

– Però non voglio un chiodo.

– Beh, truccato, naturalmente... Anzi, forse c'ho tipo che mi può trovare qualche cosa. Devo sentire. Hai fatto bene a chiedermi! Bravo, fai lavorare tuo vecchio amico Rumeno che ha tanto bisogno. Eh, eh!

Toffee accennò un sorriso. – Quando posso...

– Ma, a proposito, tu non hai patente di moto, però sai guidare, giusto?

162

– In effetti... no.

– E allora come fai?

– Imparerò.

– Ti serve maestro. Ti insegno io se vuoi. È facile guidare il scooter.

– Grazie. Ma tu avrai altro da fare...

– No, no... non ti preoccupare. Tu sei sempre comportato bene con me. Lo faccio volentieri. Senza problemi, davvero. Vedrai che in mezzora sai già andare.

– Grazie.

– Ci mancherebbe, Americano.

Toffee fu sorpreso da quel gesto. Si conoscevano da diverso tempo, ma non aveva mai capito che il Rumeno lo considerasse anche un amico, oltre che un cliente o un fornitore.

Non se lo sapeva spiegare nemmeno lui, ma Toffee, nonostante il suo modo di fare così scostante, per non dire scontroso, ispirava spesso simpatia in persone che lo conoscevano appena. Eppure, proprio quando ne avrebbe avuto più bisogno, quando era più vulnerabile, non era riuscito a ottenere lo stesso effetto sull'unica persona di Milano con la quale aveva un legame di sangue.

Ripensò a Bernardo e ai suoi fratellastri. Gli venne in mente che insegnare a guidare è esattamente il genere di cose che di solito fanno i padri con i figli, o i fratelli maggiori con i minori. Lui, però, si sarebbe dovuto accontentare di uno spacciatore e ricettatore di cui non sapeva nemmeno il nome vero.

Ecco. Se suo padre fosse stato il più accanito dei delinquenti, che cosa avrebbe mai potuto contare tutto sommato? Per lui, assolutamente nulla. Invece, suo padre era una persona "per bene", stimata e benestante, che per mantenere quella maschera e per non sconvolgere la vita dei suoi figli prediletti aveva rovinato per sempre la sua. Aveva calpestato la sua dignità e aveva lasciato che altre persone facessero anche di peggio. Non si era fatto scrupoli.

Le loro strade si erano incrociate per poco tempo, ma era stata una maledizione. Aveva capito che suo padre non aveva potuto rifiutarsi di farsi carico della sua custodia quando sua madre morì. In pratica, era stato costretto dalle circostanze.

Se non si fosse mai fatto vivo...

In quel caso, Toffee non avrebbe avuto nulla da rimproverargli e la sua vita sarebbe continuata, in qualche modo. In fondo, non aveva mai nemmeno saputo chi fosse, prima della scomparsa di sua madre, e le cose forse sarebbero dovute restare così.

Chissà se pensa mai a che fine ho fatto?

Sicuramente in tutti questi anni avrà sperato nella mia morte e probabilmente se ne era convinto, ormai. Avrà pensato di essersi liberato di me tanto tempo fa.

Chissà cosa prova adesso che Pietro non c'è più. Chissà cosa proverà dopo che avrò fatto visita anche ad Alex.

Chissà la faccia che farà quando finalmente mi vedrà. Chissà se capirà che tutto questo non è soltanto una vendetta. Deve essere anche una lezione.

Grazie a Pietro, sono già riuscito a vendicarmi, anche se non ero andato là per farlo fuori. È successo e va bene così. Non mi fa sentire bene averlo ucciso, ma era giusto così. Ora Bernardo deve imparare la lezione fino in fondo. Deve sapere cosa si prova a restare senza una famiglia. Così è stato per me. E così sarà per lui.

Erano praticamente arrivati a casa e il Rumeno rallentò per parcheggiare. Toffee si chiese che cosa cavolo ci facesse quel pirla che infilava la testa dentro il cassonetto per la raccolta dei vestiti usati, sul marciapiede proprio di fronte al suo palazzo.

A prima vista, non sembrava un barbone.

164

Diciotto

Stefano era quasi al semaforo di piazzale Zavattari. Dopo averlo superato, sarebbe arrivato in viale Migliara e da lì avrebbe dovuto incominciare a guardarsi intorno.

Aveva appena chiamato i suoi colleghi di Assago e aveva spiegato a Di Donna tutto quello che stava succedendo. La storia del casco, del localizzatore satellitare e di quello che Alex probabilmente stava cercando di fare. Appena Di Donna ebbe chiaro il quadro della situazione, disse che avrebbe fatto partire immediatamente una volante per raggiungere Stefano.

Questo non lo tranquillizzò più di tanto. Sperava soltanto che Alex non riuscisse a combinare nulla nel frattempo.

Più ci rifletteva e più gli sembrava stupido da parte di Alex aver fatto una cosa del genere senza parlarne con nessuno. Soprattutto, non era da lui. Da quando lo conosceva, l'amico non aveva mai dimostrato una risolutezza simile nel prendere l'iniziativa. Ma ora, tutto a un tratto si era scoperto uomo d'azione. Evidentemente, quello che gli era accaduto stava generando delle reazioni che erano impossibili da prevedere, anche per Stefano, che pure era convinto di conoscerlo come le sue tasche.

Luisa non avrebbe dovuto lasciarlo da solo, ma non è certo colpa sua. Come avrebbe potuto immaginarselo?

Se c'era uno che avrebbe dovuto pensare alla storia del casco fin dall'inizio, quello ero proprio io.

Sono stato lì, ho assistito al sopralluogo, insieme a lui. Sono stato anche in ospedale. Sapevo che Pietro non si separava mai dal casco e avrei dovuto chiedermi dove fosse finito. Sapevo perfino del programma per localizzarlo.

– Ma come cazzo ho fatto a non pensarci! Che coglione che sono! – Iniziò pensare a voce alta, mentre continuava a guidare. – Ale, non fare stronzate... e rispondi a questo cazzo di telefono, dai!

Da quando non aveva trovato Alex in casa, aveva continuato a chiamarlo ogni cinque minuti, ma lui continuava a non rispondere. Non riusciva a ricordarsi di una sola volta in cui Alex lo avesse fatto aspettare così tanto per richiamarlo dopo una sua telefonata persa.

– Avanti, Alex, richiamami!

Squillò in quell'istante il cellulare, ma ovviamente non era lui.

– Sì, Lu.

– Allora? Dove sei?

– Sono quasi arrivato. Appena posso ti richiamo e ti faccio sapere, okay? Stai tranquilla.

– È una parola...

– Lo so, lo so. Lo dico a te, ma quello più agitato qua mi sa che sono io. Comunque, io non credo ci siano molte probabilità che il casco possa essere ancora nella mani di quella gente... cosa se ne possono fare?

– Hai ragione, ma io mi sentirò meglio quando mi dirai che avrai trovato Alex. Mi raccomando, chiamami subito, va bene?

– Certo, Lu. Dai, ti chiamo tra poco.

– Va bene. Ma hai già parlato con Bernardo?

– Sì, gli ho detto tutto.

– E lui?

– Beh, non se l'aspettava di certo. Adesso credo che stia venendo da queste parti. Lo starà accompagnando Ivo. È un casino... Speriamo di trovare subito Alex, così ci tranquillizziamo tutti.

– Speriamo. A proposito... e in ospedale? Sono rimasti i nonni?

– Credo di sì.

– Ho capito. Va be', ci sentiamo dopo. Stai attento, mi raccomando.

– Sì, ciao.

– Ciao.

Stefano stava rallentando, avvicinandosi a un semaforo. Era quasi arrivato.

Rico non ne avrebbe avuto nessuna voglia, ma Enzino e Tozzi alla fine lo avevano convinto. Così aveva accettato di accompagnarli da Toffee.

La foto della carta d'identità trovata nel borsello era proprio quella di uno dei ragazzi che Enzino aveva visto in quell'altra foto a casa di Toffee. Inoltre il cognome corrispondeva con quello della persona che gli aveva chiesto di rintracciare. Doveva essere il fratello.

A Rico non interessava poi molto sapere chi fosse quella gente e perché Toffee avesse organizzato tutta quella storia del furto nella loro casa per poi accanirsi su quel ragazzo. Ma Enzino aveva facilmente fatto leva sul fatto che era meglio, per lui e Tozzi, cercare di capire chi era il tipo ucciso quella notte. Dopo tutto, anche loro sarebbero potuti essere indagati per complicità in omicidio o cose del genere.

Era anche vero che loro due erano rimasti tutto il tempo con il volto coperto, ma qualcuno avrebbe potuto vedere l'auto e aver preso il numero di targa. Un conto era essere ricercati per un furtarello da poco e un conto era esserlo per omicidio. A questo punto, gli conveniva sapere come stavano effettivamente le cose.

Alzò il volume dello stereo per sentire meglio una delle sue canzoni preferite.

"I'm the invisible man
I'm the invisible man
Incredible how you can
See right through me
I'm the invisible man..."

Tozzi, si voltò verso Enzino, che era seduto dietro.

– Devi metterti l'animo in pace, in 'sta macchina si ascolta solo questo Cd.

Ma Enzino era assorto nei suoi pensieri e non ci stava nemmeno facendo caso. Era contento di essere riuscito a convincere quei due ad accompagnarlo. Non si sentiva tranquillo ad andare da solo a casa di Toffee, ora che lo sapeva capace di uccidere. Per la prima volta, da quando lo conosceva, aveva paura di lui. Del suo amico.

Rico abbassò di nuovo il volume e guardò Enzino nello specchietto retrovisore.

– Guarda che a me non mi piace per niente 'sta storia! Quello ci ha preso tutti per il culo... aveva qualche conto in sospeso con quella gente e si è servito di noi per farsi i cazzi suoi! E ora cosa vorresti andargli a dire?

– Non lo so... Ma vorrei sapere perché lo ha ammazzato. Dico, è proprio possibile che sia impazzito del tutto?

– Ma a te che cosa te ne viene in tasca?

– Beh, lui mi ha dato una mano tante volte. Non lo so se posso essergli d'aiuto, ma voglio provarci.

– Non mi convinci, sai. Sei ancora un ragazzino e sei incuriosito da tutta questa storia. Ti sembra divertente... ma al posto nostro non ti saresti divertito. Te lo garantisco.

– Ma no, non è così.

In fondo sapeva che Rico non aveva tutti i torti, ma non gli importava.

– Lo vuoi capire che quello si è bruciato il cervello con tutta la roba che si spara? È proprio andato! Te lo dico io...

A Enzino scocciava sul serio sentir parlare così del suo migliore amico, ma non replicò perché non voleva contrariare ulteriormente Rico. Non voleva esser lasciato da solo a fare questa cosa.

Tozzi, da parte sua, non lo avrebbe mai accompagnato senza l'appoggio di Rico, perché anche lui non si fidava più di Toffee.

Alex aveva ormai girato tutto l'isolato e i dintorni, ma senza alcun risultato. Aveva frugato persino in un cassonetto dei vestiti usati, cadendoci quasi dentro. Niente.

Ormai si era rassegnato. Prese in mano il cellulare e vide un mucchio di chiamate perse. Di Stefano, soprattutto, ma anche di suo padre e della Lu. Pensò che dovevano essere tutti preoccupati da morire per lui. Era stato un cretino ad andare via così.

Li avrebbe richiamati tutti subito, per tranquillizzarli. Con gli occhi ancora fissi sul cellulare, iniziò a camminare in direzione della fermata dell'autobus. Fece partire la telefonata all'ultimo numero che lo aveva chiamato e portandosi il cellulare all'orecchio alzò lo sguardo di fronte a sé.

Impossibile. L'immagine che si trovò davanti agli occhi gli sembrò impossibile. Un'allucinazione.

Il suo cuore e le sue gambe si fermarono per un istante brevissimo, poi ripresero entrambi a camminare. I suoi occhi non potevano staccarsi dal tizio che stava scendendo dal marciapiede per attraversare la strada, proprio di fronte a lui.

Il casco era lì, sulla sua testa. Quel tipo lo indossava come fosse un berretto qualsiasi. Alex si sentì il viso avvolto da un improvviso calore.

Mio fratello è morto da poche ore, e quello se ne va in giro col suo casco in testa, come se niente fosse.

È stato lui a ucciderlo! Lo ammazzo!

Al suo fianco c'era un altro tipo, più alto e più grosso. Insieme stavano camminando proprio verso il portone del palazzo che era stato indicato dal localizzatore satellitare.

L'uomo che indossava il casco, accorgendosi di quegli occhi puntati su di lui, ricambiò lo sguardo per un paio di secondi, mentre continuava ad attraversare la strada. Alex si sforzò di smettere di fissarlo e proseguì, facendo finta di continuare la telefonata, che in effetti era già partita.

Stefano rispose: – Oh Alex! ...Alex? ...Alex, mi senti? Pronto?

Lui non disse una parola. Tenne il cellulare all'orecchio per qualche secondo e poi riattaccò, continuando a camminare. Non osò voltarsi per non attirare l'attenzione di quei due e farli insospettire.

Quasi non riusciva a crederci. L'aveva trovato.

E adesso?

Stava sudando. Continuava a camminare. Gli girava la testa. Con la coda dell'occhio riuscì a vedere quella strana coppia avvicinarsi all'ingresso del palazzo.

Quello con il casco in testa indossava un giubbotto col cappuccio che gli stava molto grande. Anche i pantaloni sembravano fuori misura. Senza il risvolto, gli sarebbero probabilmente finiti sotto le scarpe. Sotto a quei vestiti così abbondanti doveva esserci a occhio e croce una persona di taglia modesta che avrebbe potuto avere la sua stessa età o forse poco più anziano.

Il tipo che lo accompagnava era decisamente più imponente e, al contrario dell'altro, portava dei jeans e una giacca di pelle piuttosto aderenti. Non aveva avuto modo di guardarlo bene in faccia perché Alex aveva focalizzato la sua attenzione verso quell'altro, durante i pochi secondi in cui si erano incrociati.

Quest'ultimo aprì il portone con la chiave.

È casa sua.

Decise di fermarsi un attimo a pensare, nascosto dietro a un furgone cabinato, parcheggiato a una trentina di metri del palazzo. Da lì avrebbe potuto tenere d'occhio il portone senza rimanere a sua volta troppo in vista. Nel frattempo, avrebbe ragionato sul da farsi. Non credeva di averli insospettiti quando si erano guardati, ma era meglio essere prudenti.

Gli sembrava incredibile, ma era successo proprio quello che aveva sperato. Però adesso non sapeva cosa fare. Avrebbe voluto entrare di corsa in quel palazzo e ucciderli tutti e due. Non stava più nella pelle.

Prima di allora, non aveva mai provato veramente il desiderio di ammazzare qualcuno. Lo sorprese il fatto di non vergognarsene assolutamente. Era convinto che quella sarebbe stata vera giustizia, che quelle erano delle bestie schifose e che dovevano morire. Soprattutto quel bastardo che portava in testa il casco di suo fratello come fosse un trofeo.

Sul momento, però, c'erano due cose che lo frenavano.

Primo: il portone si era richiuso e di scassinarne la serratura non se ne parlava, visto che era pieno giorno, nel mezzo di una via trafficata, e poi, anche volendo, non avrebbe nemmeno saputo da che parte iniziare.

Secondo: per una cosa del genere, avrebbe potuto rovinarsi la vita per sempre. Questo lo sapeva perfettamente.

Di sicuro, però, non poteva fermarsi adesso. Aveva bisogno di rifletterci sopra. Diverse idee gli passarono per la testa. Si rese conto che, per quanto si sforzasse, non riusciva a essere lucido e a ragionare con calma. Si sentiva solo come non lo era mai stato.

Forse avrebbe dovuto chiamare i carabinieri o almeno Stefano, per farsi consigliare da lui. Ma sicuramente Stefano gli avrebbe detto di non muoversi e avrebbe chiamato lui stesso i suoi colleghi. E forse doveva andare così.

Però continuava a rivedere suo fratello steso nella bara e soprattutto il suo casco in testa a quel porco. Quelle immagini gridavano vendetta. E lui non poteva essere così vigliacco da ignorarle, o se ne sarebbe pentito per sempre.

Quella era un'occasione che non gli sarebbe mai più ricapitata. Eppure lui non sapeva come si uccide una persona. Continuava a chiedersi se ne sarebbe veramente stato capace.

Forse non era necessario. Ma qual era l'alternativa? Cercò in qualche modo di mettere ordine fra le sue idee.

Una volta che se li fosse trovati davanti, cosa poteva succedere? Se ne fosse stato in grado, avrebbe potuto pestarli a sangue. Avrebbe potuto farli soffrire lentamente e poi, una volta sfogatosi, forse avrebbe chiamato i carabinieri per lasciare che venissero puniti dalla legge. Ma non aveva le capacità per mettere in pratica un piano del genere. Alex non sapeva picchiare sul serio, ma loro sicuramente sì. Pensò che avrebbe potuto cercare di colpire alle spalle, per tramortirli, come prima mossa. Ma quelli erano in due. Anche se fosse riuscito a metterne uno fuori causa, il secondo avrebbe reagito.

Perciò, in un modo o nell'altro, si sarebbe trovato ad affrontare faccia a faccia almeno uno di loro. A quel punto, l'unica cosa che poteva fare era agire per uccidere, senza esitazioni. Se voleva vendicarsi, non c'era altra scelta. O lui o loro. Non ci sarebbero state altre soluzioni. Avrebbe dovuto muoversi con l'obiettivo di ferire a morte, fin da subito.

Si sorprese di essere giunto a quella conclusione in maniera così apparentemente logica. Ancora di più, si sorprese di non essere poi troppo spaventato dall'idea di uccidere. Aveva solo paura di non riuscire a colpire in maniera efficace, ma sentiva che non avrebbe avuto alcuna esitazione.

172

Avrebbe fatto quello che c'era da fare.

Occhio per occhio!

Quella frase risuonò nella sua mente come se l'avesse pronunciata a voce alta, e forse lo aveva fatto. Ripensò a quante volte, in compagnia di amici e conoscenti, durante svariate conversazioni su temi sociali e pseudo-filosofici, avesse deprecato quella legge "coranica". Lui aveva sempre sostenuto di essere per la legalità, per il rispetto delle regole e allo stesso tempo di essere contrario alla giustizia privata e alla pena di morte.

Tutte stronzate!

La realtà è questa. Di fronte a chi ha ucciso tuo fratello o tuo figlio non ci sono scelte da fare. Non c'è giusto o sbagliato. Non ci sono alternative. Se sei un uomo, devi reagire.

E se va male?

Non mi importa. Non posso aver paura di morire. Non ora!

E mio padre?

Lui però non merita di perdere un altro figlio.

Quel pensiero scatenò improvvisamente dei dubbi. Era giusto che suo padre perdesse un altro figlio nel tentativo di vendicare il primo? Alex iniziò solo in quel momento a ragionare sul fatto che, se gli fosse successo qualcosa, non sarebbe stato un problema solo suo. Sarebbe stata una tragedia per tutte le persone che gli volevano bene: suo padre, i suoi nonni, Stefano, la Lu, Franci...

Franci. Si era sempre sentito orgoglioso di avere la possibilità di stargli vicino e di insegnarli delle cose, quasi come fosse suo figlio. E adesso cosa gli avrebbe insegnato?

Non lo so. Che cosa devo fare?

Mentre cercava di darsi una risposta, alzò per caso lo sguardo verso l'ingresso del palazzo e proprio in quell'istante il portone si aprì.

Il tizio più grosso stava uscendo. Lo osservò attraversare la strada, salire a bordo di una Fiat Bravo nera e andarsene.

173

Memorizzò il numero di targa e pensò che stava perdendo un'occasione. Ma poi si voltò di nuovo verso il portone.

Non è possibile!

Era rimasto aperto.

Sembrava quasi un segno. Adesso Alex poteva entrare liberamente nel palazzo a cercare l'uomo che aveva il casco di suo fratello. Era rimasto presumibilmente solo là dentro.

In fondo, era lui l'obiettivo principale. Era anche possibile che l'altro, quello che se n'era appena andato, non avesse niente a che fare con l'aggressione di suo fratello. Il suo uomo era a pochi metri da lui e adesso poteva andare a stanarlo.

Inoltre, non avrebbe più avuto il problema di trovarsi da solo contro due. Adesso sarebbe stato molto più semplice mettere le mani su quello schifoso. Se fosse stato abbastanza svelto, avrebbe potuto aggredirlo senza dargli tempo di reagire. Gli avrebbe fatto sputare sangue. Si chiese se alla fine sarebbe stato in grado di risparmiargli la vita.

E chi ti dice che sarà così facile?

Chi ti dice che non sarai tu a lasciarci la pelle?

Chi ti dice che non ci siano altre persone in casa di quello là?

I dubbi rimanevano.

Se mi ammazzano, distruggerò definitivamente la vita di mio padre e farò soffrire anche tutti gli altri.

Che cosa devo fare?

La sua indecisione durò ancora alcuni istanti, fino a quando giunse alla conclusione che era Pietro a dover essere vendicato ed era giusto reagire come avrebbe fatto lui.

Pietro era sempre stato un ragazzo combattivo e fiero. Uno di quelli che non si lasciava mettere i piedi in testa da nessuno.

Lui era uno con le palle. Se ci fosse lui al mio posto, e non fosse su una sedia a rotelle, non ci penserebbe sopra un momento. Entrerebbe lì dentro e gli spaccherebbe la testa.

Non posso deluderlo. Ci devo provare.

Il suo ultimo pensiero, prima di mettersi in azione, fu che, se le cose si fossero messe male, avrebbe sempre potuto scappare. A correre era sempre stato veloce e in fondo fuggire non sarebbe stata una vergogna, se però prima avesse fatto tutto il possibile.

Ormai doveva andare fino in fondo.

Si incamminò lentamente verso l'edificio e iniziò a pensare a come muoversi, una volta dentro. C'erano ancora degli ostacoli prima di scovare quel tipo. Prima di tutto, doveva capire qual era il suo appartamento.

Una parola...

Che faccio? Suono a ogni campanello fino a quando non mi apre proprio lui?

Forse. Vedremo.

Diciannove

Bernardo stava cercando di spiegare a Ivo come erano andate le cose con Andrea partendo dall'inizio. Non era mai andato fiero di quello che era successo e di come si era comportato. Anche per questo non aveva mai avuto il coraggio di raccontarlo ai suoi figli.

– Era evidente che c'era qualcosa che non andava. Il suo aspetto, i vestiti, il modo di fare... Probabilmente aveva dei problemi a livello ormonale o che so io, ma non mi era mai stato detto nulla con esattezza. Avrei dovuto scoprirlo chiedendo un qualche parere medico. Ma nel frattempo non mi andava che restasse in casa con noi. Alex e Pietro all'epoca erano solo dei bambini e fino a quel momento non avevano mai nemmeno saputo che Andrea esistesse, né che io avessi avuto un'altra moglie prima di conoscere la loro madre.

– Certo, tu eri preoccupato di non stravolgere di colpo la vita dei tuoi figli. È normale, lo capisco.

– A dire il vero, prima di allora, non avevo mai pensato che mi sarei trovato un giorno a dovergli raccontare di quella storia. Avevo sempre pensato che Cindy si rifacesse una vita con qualcun'altro e, semmai le fosse successo qualcosa, Andrea avrebbe avuto a disposizione un padre adottivo, lì, in America.

– Ma sì, tutti avrebbero fatto come te al posto tuo. È comprensibile. Non sono mica situazioni facili da affrontare.

– Dio, chissà come deve essersi sentito Pietro quando si è trovato di fronte Andrea! Ma perché lo ha fatto? Perché se l'è presa con lui? Che colpa ne aveva Pietro? Non c'entrava niente... Se voleva me, perché non ha aspettato che rientrassi in casa. Ormai era lì... perché non ha ucciso me invece di mio figlio?

– Berny cerca di calmarti adesso. Dobbiamo pensare ad Alex in questo momento. Dobbiamo occuparci di lui ed evitare che succedano altre brutte cose, okay? Lo so che sei sconvolto, ma cerca di rimanere lucido, per favore.

– Io non sono lucido per niente. Meno male che ci sei tu. Non avrei saputo proprio come fare da solo. Grazie davvero, Ivo.

– Dai, non preoccuparti. Andrà tutto bene, ma dobbiamo mantenere la calma. Tutto qui.

Alex stava per richiudersi il portone dietro le spalle.

Pensò che fosse meglio tenerlo chiuso. In quel modo avrebbe probabilmente potuto accorgersi se qualcuno avesse suonato il citofono o avesse aperto con le chiavi. Così avrebbe potuto decidere come reagire con qualche istante di anticipo. Subito dopo, però, gli venne in mente che forse era meglio tenersi a disposizione una via di fuga più rapida possibile, nel caso ce ne fosse stato bisogno. Avrebbe sentito comunque i passi di chiunque fosse entrato nell'edificio: come per le scale di qualsiasi palazzo, anche lì dentro i suoni rimbombavano. Così cambiò idea e decise di lasciare il portone spalancato.

Salì molto lentamente i pochi scalini che portavano dall'ingresso al primo piano rialzato, facendo bene attenzione a non fare rumore con le scarpe e tenendo le orecchie tese a cogliere qualsiasi rumore.

Aveva deciso che per prima cosa avrebbe attraversato tutte le scale e i pianerottoli di ogni piano. Avrebbe origliato con calma a ogni porta del condominio cercando di capire, dai rumori provenienti dagli appartamenti, in quali di questi ci fossero delle persone. A mano a mano che li individuava, avrebbe poi iniziato a suonare soltanto a quei campanelli.

Voleva trovare quello che cercava effettuando il minor numero di tentativi possibili, così da non destare più di tanto l'attenzione dei condomini. Sarebbero potuti essere tutti potenziali testimoni del fatto che lui si trovava in quel palazzo se fosse andata a finire in un certo modo, e questo era meglio evitarlo.

C'erano quattro porte al primo piano. Mentre scandagliava i suoni provenienti da ognuna di esse, incominciò a pensare a quello che avrebbe detto agli inquilini per riuscire a farsi aprire, ogni volta che avrebbe suonato il campanello. Ma soprattutto si domandava cosa avrebbe fatto dopo, sia nel caso si fosse trovato davanti il tipo che stava cercando, sia nel caso si fosse trovato davanti un perfetto sconosciuto che non c'entrava nulla. Nel secondo caso, avrebbe dovuto trovare il sistema per svincolarsi il più velocemente possibile e passare all'appartamento successivo.

Non era per nulla sicuro di riuscire ad avere la capacità d'inventarsi qualche argomento abbastanza plausibile da non destare sospetti e soprattutto di riuscire a mantenere il necessario autocontrollo. Non era mai stato portato per la recitazione e, data la mancanza di lucidità, quello era il momento peggiore per cimentarsi in una prova del genere.

Ma la situazione più critica sarebbe certo stata quella che avrebbe affrontato quando si fosse trovato davanti agli occhi la persona che stava inseguendo. Quello era il motivo per cui era venuto fin lì, ma era al tempo stesso la cosa che temeva di più.

Che cosa faccio?

Gli salto subito addosso. Ecco quello che faccio! Lo investo senza lasciargli nemmeno capire quello che sta succedendo. È l'unica soluzione.

Prima, in strada, si è accorto che lo guardavo e mi ha osservato per qualche istante. Perciò, quando mi rivedrà, mi riconoscerà e capirà che sono lì per lui. Ma non devo dargli il tempo di ragionare o di reagire... lo devo assalire come una furia! Lo devo colpire con tanta forza da stordirlo. A quel punto mi chiudo dentro e lì... mi sfogo sul serio. Sì, mi sfogo sul serio.

Aveva finito di sondare il primo piano e stava proseguendo verso il secondo. Teneva sempre l'orecchio teso e un passo leggero per non coprire con i suoi rumori quelli provenienti dagli interni. Finora aveva percepito segni di vita solo da un appartamento.

Arrivò al secondo pianerottolo. Altre quattro porte.

Questa volta, però, trovò qualcosa che non si sarebbe aspettato. Si bloccò e rimase immobile, col fiato sospeso. Il suo battito accelerò all'istante.

Una delle porte era aperta.

Rimase indeciso per qualche lunghissimo secondo e poi si mosse. Iniziò ad avvicinarsi a quella porta. Si sentiva le gambe molli.

Si avvicinò. Era quasi di fronte alla porta e intravedeva già l'interno dell'appartamento. Si fermò, sporgendosi in avanti con la testa per guardare meglio, ma senza esporsi del tutto.

– Ciao, Alex.

Enzino, Tozzi e Rico erano appena scesi dall'auto. Avevano parcheggiato appena a una decina di metri dall'ingresso del palazzo di Toffee, sullo stesso lato della strada.

Nessuno dei tre sapeva bene come Toffee avrebbe preso quella loro visita. Non lo avevano avvisato per telefono che stavano arrivando, altrimenti avrebbe trovato qualche scusa per non riceverli a casa e tanto meno avrebbe accettato di vederli in qualsiasi altro posto. Era ormai chiaro per loro che Toffee non voleva dar retta a nessuno e stava combinando qualche casino serio.

Non erano venuti tutti e tre con le stesse motivazioni.

Lo scopo di Enzino era di convincerlo a non mettersi nei guai, se era ancora in tempo. E forse, come diceva Rico, era anche curioso e intrigato da tutta quella vicenda.

Tozzi stava facendo, più che altro, un favore a Enzino. Lui era il classico tipo che non riesce a dire di no, se sai come prenderlo.

Rico era lì semplicemente per sapere in quale strana storia li aveva coinvolti Toffee e di che cosa erano stati complici quella sera, oltre che di un furto di poco conto.

Si avvicinarono e videro che il portone era aperto. Enzino si fermò un istante, guardando gli altri due.

– Suoniamo al citofono?

Tozzi non disse niente e guardò a sua volta Rico.

– No, saliamo.

Rico riprese a camminare, facendo segno agli altri due di seguirlo. Era deciso a sbrigare in fretta quella faccenda. Era ancora di malumore perché gli avevano rovinato il pranzo della domenica e perché si era ripromesso di non rivedere più quello stronzo di Toffee.

Il palazzo dev'essere questo.

Stefano rallentò, quasi fermandosi, davanti all'ingresso dell'edificio e vide tre uomini entrare dal portone già aperto. Uno di loro era un ragazzino. Gli altri due sembravano tipi piuttosto anonimi. Si accorse che il più alto, l'ultimo a entrare, portava delle scarpe da cantiere molto grosse. Pensò che forse erano amici o parenti di un inquilino che doveva fare un trasloco.

Probabilmente lasciano la porta aperta per poter passare liberamente, mentre trasportano i mobili.

Il fatto che ci fosse gente che entrava e usciva da quel palazzo lo fece sentire leggermente sollevato. Per Alex e per lui la situazione sarebbe stata forse più pericolosa se l'ambiente fosse stato deserto.

Accostò e parcheggiò la macchina. Si guardò intorno. Ovviamente di Alex non c'era traccia.

Se ha trovato anche lui il portone aperto sarà sicuramente entrato. Ma poi? Cazzo, deve essere proprio sconvolto per pensare di poter venire qua e trovare le persone che hanno ucciso suo fratello. Come se stessero lì ad aspettare lui con un cartello in mano...

Incominciava a sperare anche nel fatto che Alex fosse arrivato, non avesse trovato niente e nessuno, e se ne fosse andato. Probabilmente adesso stava già tornando a casa.

Provò a chiamarlo per l'ennesima volta. Niente.

Ma perché non risponde?

Okay. Andiamo a dare un'occhiata.

Scese dall'auto e si incamminò. Stava pensando che forse era stato eccessivo chiamare Di Donna per fare arrivare una volante sul posto. Forse avrebbe soltanto ottenuto di mettere ancor più in difficoltà il suo amico, se si fosse trovato lì. Dopo tutto, era già molto provato da tutta quella storia, senza bisogno di farlo cercare anche dai carabinieri. E poi era improbabile che ce ne fosse davvero bisogno. Non era mica detto che Alex fosse andato veramente lì a caccia di quella gente. Magari ci stava solo pensando. Probabilmente non rispondeva al cellulare perché aveva staccato la suoneria e voleva solo stare un po' in pace. C'era da capirlo, dopo tutto.

Non gli restava che entrare nel palazzo e controllare che non ci fosse nulla di strano. Dopo di che, avrebbe chiamato di nuovo Bernardo e la Lu.

182

Erano l'uno di fronte all'altro, in piedi, a guardarsi in faccia. Fra loro, solo la porta spalancata.

Alex era quasi paralizzato.

Toffee portava ancora in testa il casco di Pietro. Stava fumando una sigaretta. Anche lui sembrava nervoso.

Non si aspettava quella visita, ma lo aveva riconosciuto immediatamente quando se l'era trovato davanti poco prima, in strada. Aveva osservato bene la foto che aveva preso a casa del padre e Alex non era cambiato molto. Non sapeva come fosse arrivato fino a lì, ma sapeva senza dubbio che doveva aver riconosciuto la cuffia e che da quel momento lo aveva seguito.

Il Rumeno aveva dato un'occhiata veloce alla roba che Toffee voleva vendergli e se n'era andato. Mentre si salutavano, Toffee gli aveva chiesto di lasciare il portone aperto, con la scusa che stava aspettando una visita e che il citofono era rotto.

Sapeva che il suo fratellastro sarebbe salito. Moriva dalla voglia di incontrarlo da solo.

Alex era nella confusione più totale. Si chiedeva come facesse quel tipo a conoscere il suo nome. Poi fu Toffee a rivolgergli ancora la parola.

– Come hai fatto a trovarmi?

Sa chi sono.

Il vantaggio su cui Alex aveva contato, nel prepararsi a quell'incontro, era basato esclusivamente sulla possibilità di poterlo prendere di sorpresa. Invece era successo proprio il contrario. Lui era lì che lo aspettava.

– Che c'è? Sei spaventato?

Ma Alex continuava a non rispondere. Era completamente disorientato.

– Eppure sei tu che sei venuto da me. Coraggio, entra pure. Accomodati.

Alex si avvicinò, ma si fermò sulla soglia, senza dire una sola parola. Per quanto si sforzasse, non riusciva a capire cosa stesse succedendo. E quella voce, affilata come il volto dal quale proveniva, aveva un che di surreale.

– Come mai sei da solo? Dov'è papà?

Finalmente Alex si decise a parlare.

– Cosa c'entra mio padre?

– Come sarebbe "cosa c'entra"? Non so come hai fatto ad arrivare qua, ma l'unico che può sapere qualcosa di me è proprio nostro padre. Anche se a dire il vero non me l'aspettavo proprio.

– "Nostro"?

– Ah certo... neanche tu vuoi sentirti dire che siamo fratelli. Proprio come Pietro. Bene, anche tu ci tieni a farmi incazzare in fretta.

Alex non sapeva di cosa l'altro stesse parlando, ma aveva capito una sola cosa con sicurezza. L'aveva trovato. Era lui che aveva ammazzato Pietro. Ormai non c'erano più dubbi. E la rabbia che nasceva da quella convinzione incominciava a vincere la paura e a dargli finalmente la forza di rispondere a tono.

– Chi sei?

Toffee sembrò sorpreso dalla domanda.

– Come sarebbe? Dovresti saperlo. Mi chiamano Toffee, ma quel bastardo di nostro padre mi conosceva con il mio vero nome, Andrea.

– Ma perché continui a dire "nostro padre"? Io non ti conosco. Pietro l'hai ammazzato tu! Vero?

– Lo so.

– E allora perché cazzo dici di essere mio fratello? Sei fuori di testa?

– Io non ho detto di essere tuo fratello.

184

Enzino, Tozzi e Rico avevano spiato, sbalorditi, quel ragazzo fermo davanti alla porta e avevano compreso buona parte delle cose che lui e Toffee si erano detti. Infatti si erano accorti delle voci che provenivano dall'appartamento di Toffee, quando erano ancora al piano inferiore. Perciò, attenti a non farsi accorgere della loro presenza, si erano fermati a metà dell'ultimo tratto di scala che portava al secondo piano. Da lì, acquattati, erano in grado di seguire la conversazione fra Toffee e il ragazzo. Ogni tanto Enzino tirava su la testa per dare delle occhiate furtive.

Mentre restavano lì, con le orecchie tese, si scambiavano sguardi increduli, apprendendo che quello doveva essere il fratello del ragazzo sulla sedia a rotelle. Quello che Toffee aveva ucciso la sera prima. A quanto pare, Toffee sosteneva che avessero lo stesso padre, anche se l'altro sembrava non saperne nulla.

Rico e Tozzi non potevano farsi vedere da quel tipo. Erano entrati anche loro in quella casa e non potevano permettersi di rischiare.

Rico bisbigliò a Tozzi – Andiamo.

Tozzi fece un cenno di assenso, poi guardò Enzino.

– Andiamo.

– Io voglio restare ancora. Aspettatemi.

I due si scambiarono uno sguardo, poi Rico gli parlò in un orecchio.

– Ti aspettiamo in macchina. Ce ne andiamo tra cinque minuti. Con o senza di te. Okay?

Enzino fece segno di sì con la testa.

Tozzi capì dai loro gesti quello che si erano detti. Così lui e Rico presero a scendere le scale molto lentamente, cercando di non fare il minimo rumore. Quando uscirono dal palazzo, incrociarono gli sguardi con un tipo belloccio che si guardava intorno con aria smarrita, fermo davanti al portone.

Mentre Toffee gli parlava, Alex si stava ormai convincendo di essere di fronte a uno squilibrato.

– Lo sai che mi hai facilitato un bel po' le cose? Io avevo già iniziato a organizzarmi per cercarti. Meglio così.

– Ma che cazzo vuoi da me?

– Cosa voglio? Ora te lo spiego, ma non qui. Avanti, vieni con me.

– Dove?

– Non aver paura. Seguimi.

Toffee uscì dall'appartamento, Alex si scansò per farlo passare dalla porta e in quell'attimo si guardarono negli occhi da vicino. Toffee provò una sensazione strana. In Pietro, quando lo vide, non trovò alcun tipo di somiglianza; invece quel ragazzo sembrava avere il suo stesso sguardo.

Alex avrebbe voluto strappargli dalla testa il casco di Pietro e aggredirlo proprio in quel momento, ma non ne ebbe il coraggio. Lasciò che lui lo precedesse, iniziando a seguirlo quando era già a qualche metro di distanza. Un attimo dopo capì che aveva perso un'occasione.

Toffee salì con calma al piano superiore e da lì, attraverso un'altra breve scala, arrivò a una porta di ferro, mentre Alex continuava a seguirlo. Tirò fuori un mazzo di chiavi dalla tasca dei pantaloni e aprì la porta.

Si trovavano sul tetto del palazzo. Quell'edificio di soli tre piani aveva una ringhiera che circondava tutto il tetto.

Toffee uscì all'aperto e Alex lo seguì intimorito. C'era un'aria gelida, sospinta da un leggero vento che pungeva la pelle.

Ad Alex non piaceva molto il fatto che lo avesse portato su quella terrazza. Qualsiasi cosa l'altro avesse in mente, era chiaro che non voleva farsi vedere né sentire dai vicini di casa. Iniziava a farsi buio e per strada i lampioni si erano appena accesi. Difficilmente qualcuno si sarebbe accorto di loro.

Toffee fece ancora alcuni passi; poi si fermo, gettò la sigaretta in terra e infine si voltò per parlare con Alex.

– Ti ho portato qua perché così possiamo stare più tranquilli. Volevi sapere che cosa voglio da te, giusto? Vedi, all'inizio in realtà non lo sapevo nemmeno io, ma adesso ho le idee più chiare. Ti voglio morto. Come tuo fratello.

Alex ebbe paura, come mai gli era capitato prima. Era ormai certo che Toffee fosse un pazzo che per qualche strana ragione ce l'avesse a morte con la sua famiglia. Il problema adesso era difendersi.

– Ma perché?

– Perché mi servite per punire lui. E non mi frega un cazzo se non è giusto! Non lo è stato nemmeno quello che lui ha fatto a me! Per colpa sua non ho mai potuto avere una vita vera. Non ho niente. Niente! Adesso deve provare anche lui cosa significa rimanere soli.

– Lui chi?

– Alex, non prendermi per il culo! Nostro padre!

Toffee si stava arrabbiando e cercava di assecondare la propria ira. Gli serviva per prepararsi a fare quello che aveva in mente.

– Ma mio padre non ha altri figli!

– E invece sono qua! Io esisto, per Dio!

Urlando quelle parole, Toffee tirò fuori la pistola che nascondeva sotto la giacca. Alex, alla vista dell'arma, si spostò di scatto all'indietro, quasi barcollando.

Pensò che stava per morire e non riuscì nemmeno a tirar fuori il fiato per gridare.

– Toffee!

La voce di Enzino sorprese entrambi.

Era lì a pochi passi da Alex, che lo guardava sbigottito ma felice del suo intervento, pur non sapendo chi fosse. Anche Toffee si mostrò del tutto spiazzato dal suo arrivo.

– Enzino? Che cazzo fai qua?

Ci fu un lunghissimo silenzio. Enzino non sapeva cosa dire. Poi Toffee rispose da solo alla sua stessa domanda: – E già, ecco come mi ha trovato.

– No, io non c'entro.

– E allora cosa ci fai qua?

– No, io ero venuto con...

Non finì la frase perché sapeva di non dover parlare di Rico e Tozzi davanti ad Alex. Non sapeva cosa dire e si stava agitando. Si rendeva conto che, tentennando in quel modo, avrebbe fatto credere a Toffee che gli stava nascondendo qualcosa, come se fosse stato davvero lui a far arrivare quel tipo a casa sua.

– Tu... Tu avresti dovuto aiutare me a trovare lui! E invece lo hai fatto venire qua senza dirmi niente! Perché?

– Ma non sono stato io!

Enzino a quel punto guardò Alex come aspettandosi una conferma da parte sua, ma anche quello fu inteso da Toffee come un segno che stava mentendo.

– Falla finita! Tanto è lo stesso. Farò comunque quello che devo fare. – Si voltò di nuovo verso Alex, guardandolo negli occhi. – Hai capito, fratellino?

Toffee aveva deciso. Non si sarebbe più fermato.

– Ma io non sono tuo fratello? Perché ce l'hai con noi?

Enzino non ci capiva niente ed era sempre più agitato. Osservava impaurito la pistola tenuta in mano da Toffee.

Alex, al contrario, si sforzava di non guardarla, per non mostrarsi intimorito, senza sapere veramente se fosse davvero meglio così oppure no.

Toffee percepiva la paura di entrambi, ma nonostante ciò non si sentiva padrone della situazione. Rifletté ancora un attimo, prima di parlare.

– Dimmi la verità, tu vuoi davvero sapere come sono andate le cose?

Venti

Bernardo non poteva fare a meno di continuare a sfogarsi con Ivo. Prima di raggiungere Stefano, in cerca di Alex, voleva che il suo amico sapesse fino in fondo come erano andate le cose con Andrea.

Non sapeva quello che sarebbe successo se per caso si fossero veramente trovati faccia a faccia, ma sentiva il bisogno di avere qualcuno al suo fianco. Qualcuno che capisse fino in fondo la situazione in cui si trovava. Aveva paura ed era troppo provato per affrontare la cosa da solo. Per questo voleva mettere Ivo al corrente di tutto.

Erano in macchina, fermi a un lato della strada. Bernardo aveva avuto un giramento di testa ed era stato preso da un forte senso di nausea. Così aveva chiesto a Ivo di accostare. Probabilmente era solo una reazione nervosa, ma doveva riprendersi prima di continuare.

Mentre aspettava di sentirsi meglio, continuò il suo racconto. Ivo fino ad allora era stato lì in silenzio, ad ascoltare quella confessione senza mai interromperlo.

– ...Lo so, avrei dovuto affrontare la situazione diversamente. È tutta colpa mia. Se fossi stato in grado di gestire la cosa come andava fatto fin dall'inizio, adesso non ci troveremmo in questo casino. E soprattutto, Pietro sarebbe ancora vivo!

– No, questo non puoi saperlo. E non devi darti colpa per la sua morte. Puoi aver commesso degli errori, questo è vero, ma lo hai fatto in buona fede. E comunque niente di ciò che hai fatto tu può giustificare quello che Andrea ha fatto a Pietro. Prendersela con lui è stato un atto senza senso. Nessuno avrebbe potuto prevederlo. Se Andrea ti odia fino a questo punto, non è certo normale.

– Ma io non ti ho ancora detto tutto.

– Tu non vuoi sapere la verità! Tu sei venuto qua per farmi fuori! Altrimenti avresti chiamato la polizia... giusto?

Toffee teneva la pistola puntata verso Alex che era completamente immobilizzato dalla paura.

Quella paura, però, non impedì ad Alex di rispondere sinceramente. Non sapeva se sarebbe uscito vivo da lì, ma sapeva che non voleva tirarsi indietro come un vigliacco davanti all'assassino di suo fratello.

– Sì, è vero. Io però non ne so niente di questa storia di te e mio padre...

– Anche Pietro diceva di non saperne niente, ma per me questo non fa nessuna differenza. Voi due, cari fratelli, siete sacrificabili per me, proprio come lo sono stato io per lui. Pietro mi ha persino insultato! Non ha provato neanche per un attimo a mettersi nei miei panni... ma io, nei suoi, sì.

Sul suo viso spuntò un sorriso ironico, mentre indicava con un gesto la cuffia che portava ancora in testa.

Toffee voleva che Alex reagisse. Non aveva mai sparato a nessuno prima di allora. Quella pistola gliela aveva procurata il Rumeno parecchio tempo prima e gli aveva anche insegnato come usarla. Eppure, fino ad allora era rimasta sempre nel cassetto e Toffee non si sentiva affatto pronto.

Con la ragazza di via Novara e con Pietro, era stato tutto diverso. Aveva solo agito d'istinto. Premere il grilletto però era un'altra cosa. Non aveva il fegato per uccidere qualcuno a sangue freddo.

190

Inoltre, a differenza delle volte precedenti, la coca non lo stava aiutando abbastanza. I suoi freni inibitori erano ancora tutti lì. Non aveva quell'esaltazione in corpo. Non riusciva ad abbandonarsi. Cercava con tutte le forze di non mostrarsi indeciso, ma gli tremava la mano.

E poi, lì c'era Enzino.

Cazzo, mi tocca farlo davanti a lui.

Si vergognava. Il suo miglior amico lo stava guardando mentre era sul punto di uccidere un uomo, uno che in fin dei conti era suo fratello. Nonostante fosse convinto di essere nel giusto, era consapevole che Enzino non avrebbe capito.

Se solo sapessi...

Voleva andare fino in fondo, ma le cose non si erano messe come aveva immaginato. Comunque, di una cosa era certo: per lui, quella storia sarebbe finita male in ogni caso. Stavolta non se la sarebbe cavata. Alex era arrivato fino a casa sua e quindi oramai sapevano dove trovarlo. Era solo questione di tempo.

Chi se ne frega!

Doveva finire a tutti i costi quello che aveva iniziato.

C'era un'altra cosa, però, che desiderava. Di essere destinato a una brutta fine, in fondo lo aveva sempre saputo, ma voleva fare qualcosa per Enzino. Non capiva perché lo avesse tradito e non riusciva a crederlo fino in fondo. Eppure, voleva che almeno lui uscisse fuori da quella storia, e non solo da quella. Voleva troppo bene a quel ragazzo ed era convinto che fosse ancora in tempo per tirarsi via da tutto quello schifo, una volta per sempre.

In quell'istante gli fu tutto chiaro. Era l'unica occasione per insegnare finalmente qualcosa a Enzino e, per quanto potesse sembrare assurdo, avrebbe semplicemente dovuto fare quello che si era prefissato fin dall'inizio. E arrivato a quel punto, aveva un motivo in più per farlo.

Forse questo è l'unico modo.
Deve spaventarsi, per scappare da questa merda.
Deve disprezzarmi, per non diventare come me.

Ora aveva solo bisogno che Alex sfidasse la sua ira. Doveva provocarlo per essere provocato.

– Vorrei aver visto la faccia di nostro padre, quando è tornato e ha trovato uno dei suoi figli morto stecchito. Ma soprattutto, vorrei vedere la faccia che farà quando troveranno anche te.

Alex non faceva il minimo movimento. I suoi occhi erano impauriti ma allo stesso tempo carichi di rabbia. Lo fissava nervosamente e sembrava volergli rispondere, ma senza trovare le parole per farlo.

Invece, fu Enzino a parlare al posto suo. – Toffee, dai, calmati ora. Lo hai già spaventato abbastanza, no? Guardalo, si sta cagando addosso...

– No, Enzino! Questo non è uno scherzo.

– Ma, dico, sei matto? Non vorrai davvero sparargli? Tu... tu non sei così!

– Ma che ne sai tu, di come sono io? Sì, mi conosci, ma non così bene come credi. Sei solo un ragazzo. Ci sono troppe cose che non sai.

Stefano era entrato poco prima nel palazzo e aveva sentito dei rumori provenire dalla tromba delle scale, probabilmente dall'ultimo piano.

Sfoderò la pistola d'ordinanza e si affrettò a salire. Si fermò al secondo piano, accorgendosi di una porta socchiusa. Si avvicinò e la aprì, senza entrare, per dare un'occhiata al suo interno.

In quel soggiorno sudicio e squallido, un dettaglio gli diede conferma di essere nel posto giusto. La foto incorniciata di Bernardo, Alex e Pietro, che era sempre stata nel salotto di casa loro ad Assago, adesso si trovava sul tavolo di fronte a lui. Cominciò ad avere paura che Alex e Andrea si fossero già incontrati.

– C'è nessuno? Sono un carabiniere. Alex, sei qui?

Enzino aveva gli occhi lucidi. Lo distruggeva rendersi conto che il suo migliore amico potesse essere un assassino. Col cuore in gola, tentò nuovamente di convincerlo a calmarsi. – Ma non si può ammazzare una persona così... non è giusto!

– Giusto? Ma che cazzo dici, Enzino? Tu non hai la minima idea di cosa ho passato io per colpa di quel bastardo di mio padre!

– Sì, ma lui non c'entra, e nemmeno suo fratello c'entrava. Non puoi prendertela con loro.

– E invece sì! Mio padre credeva di potersela cavare come niente. Credeva che io sparissi dalla circolazione. Così lui avrebbe continuato la sua vita tranquilla, mentre la mia era rovinata per sempre. Credeva di tenersi stretti i suoi figli preferiti sacrificando me, senza fare una piega. Ti rendi conto?

Alex ascoltava senza replicare, completamente pietrificato.

Enzino non sapeva più cos'altro dire per calmarlo. Riuscì soltanto a fargli una domanda, sperando che farlo parlare fosse la cosa migliore, ma non ne era affatto sicuro. – Perché dici che la tua vita è rovinata?

– Perché io non ce l'ho mai avuta una vita vera! Per colpa sua io non ho mai potuto essere...

Non finì la frase ed Enzino lo incalzò.

– Che cosa?

– Deve pagarla! Capisci? Io non ho più niente da perdere, ma non voglio dargliela vinta! Non può cavarsela così! Allora io non ero in grado di alzare la testa e di farmi rispettare... e così ho subito tutto quello schifo senza reagire. Ma adesso è tutto diverso. Io sono diverso.

– Tu sei impazzito! Se ti ha trovato lui, ti troverà anche la polizia, e allora che farai?

– No, non hai capito niente! Non c'è nessun bisogno che mi trovino. Sarò io ad andare da mio padre, dopo aver finito qui. Non capisci? Ora non mi nascondo più! Non mi interessa più di nulla!

– Neanche di morire?

In quel momento, l'urlo di Stefano, anticipò di un brevissimo istante l'urto fra il corpo di Alex e quello di Toffee.

– Noo!

Caddero insieme. Il rumore dello sparo fu attutito. La canna della pistola era infatti rimasta schiacciata contro lo stomaco di Alex.

Toffee era finito per terra di schiena, travolto da Alex, ed era stato sorpreso da una fitta fortissima in mezzo alle costole senza nemmeno rendersi conto di cosa si trattasse. Quel dolore improvviso, di riflesso, aveva fatto stringere il suo dito sul grilletto.

Stefano, uscendo di corsa sul terrazzo, aveva avuto solo il tempo di gridare mentre Alex si lanciava addosso a Toffee con un coltello in mano.

Lo vide solo per un istante, ma riconobbe quel coltello da cucina. Proveniva proprio da casa sua. Alex doveva averlo preso prima di uscire e l'aveva tenuto nascosto sotto la giacca per tutto quel tempo.

Anche Alex si trovò completamente impreparato alla sensazione che quella pallottola gli procurò attraversandogli il costato. Il tutto fu talmente istantaneo che non riuscì a emettere un solo lamento. In un attimo perse completamente il fiato.

Aveva cercato di aggredire Toffee mentre si era distratto a parlare con Enzino. Pensava che sarebbe riuscito a essere così rapido da impedirgli di sparare.

Non lo era stato.

194

Ivo aveva abbassato il finestrino dell'auto ferma e si era acceso una sigaretta. Stava ascoltando il resto del racconto di Bernardo, senza fare troppe domande.

– Io non sapevo come affrontare quel tipo di problemi che aveva Andrea. Così la mandai in quell'istituto dove lavorava il Gianni, per prendere tempo. Sai, lì si occupavano anche di ragazzi che avevano disagi psicologici... Lì per lì, mi era sembrata la cosa più logica da fare.

– Certo.

– Invece, lei scappò quasi subito. Io non sapevo cosa fare e non me la sentivo in quel momento di mettere al corrente di questa storia i miei figli. Non ancora, perlomeno. Credevo che fosse giusto aspettare di ritrovarla per poi farla stare in qualche clinica specializzata... non lo so... qualche posto dove l'avessero potuta aiutare a stabilizzarsi. Quando poi le cose si fossero calmate, ne avrei finalmente parlato con Alex e Pietro, e un giorno l'avrei anche portata a casa.

Bernardo piangeva come un bambino mentre cercava di arrivare alla fine di quella confessione.

– Lo so, sono stato un vigliacco. Era mia figlia. Avrei dovuto tenerla con me in ogni caso. E dovevo dire la verità ad Alex e Pietro.

Ivo gli appoggiò una mano sulla spalla. Lui continuò il suo monologo senza nemmeno guardarlo.

– Ma il tempo passava e lei non si trovava. Dopo tre mesi che era scappata dall'istituto, incominciavo a pensare che non l'avrei più rivista. Poi, un giorno, mi chiamò proprio il Gianni e mi chiese di andare da lui che aveva qualcosa di importante di cui parlarmi. Quando sono arrivato a casa sua, mi sono trovato in una situazione che non avrei mai immaginato. Andrea era là, da lui. Aveva un pessimo aspetto. Era dimagrita, pallida, gli occhi cerchiati... e sembrava fuori di sé. Lui mi disse che l'aveva incontrata il giorno stesso e l'aveva portata in casa per poi avvisarmi con discrezione. Secondo lui, Andrea mostrava evidenti segni di squilibrio e non bisognava far caso a quello che andava raccontando, perché erano tutte invenzioni. Invece lei cercò di descrivermi tutta un'altra storia.

– *Mi ha fatto stare per due mesi in una mansarda. Mi faceva scopare da suoi amici, e anche lui... mi riempivano di coca, mi facevano bere... e io non capivo più niente! Basta, non ne posso più! Io voglio solo stare in una casa normale! Aiutami!*

– Io non sapevo davvero a chi credere. Non lo sapevo proprio.

– *È venuta in collegio stamattina e siccome dava in escandescenza ho pensato di portarla qua e di chiamarti. Dà completamente i numeri, sta cercando di convincerti di quelle cose perché non vuole tornare in istituto. Credimi. Altrimenti non sarei stato mica io a chiamarti per farvi incontrare, no? Questa ragazza va seguita seriamente. Probabilmente, durante questi mesi ha davvero fatto uso di droghe, ma chissà dove e come se l'è procurate... Secondo me, ne faceva già uso in America.*

– Lei era così insistente, così insistente... mentre Gianni era così calmo e sicuro di sé... lui era un amico, e per di più un dottore. Non volevo credere che avesse fatto del male a mia figlia.

Si fermò per un attimo e si asciugò le lacrime. Ivo colse l'occasione per interromperlo. – Scusami tanto Berny, faccio una telefonata.

Bernardo ne approfittò per cercare di calmarsi, mentre Ivo si allontanava per parlare al telefono senza essere sentito. Dopo aver fatto partire la chiamata, stette per diversi secondi con il cellulare all'orecchio, aspettando che qualcuno rispondesse. Poi si arrese e ritornò in auto.

– Scusami...

– Forse dovremmo andare. Stiamo perdendo tempo.

– Dai, finisci di raccontarmi e poi ci muoviamo.

196

Bernardo riprese da dove aveva interrotto.

– Ancora oggi non so se ho fatto bene a credergli.

– *Berny, ascoltami. Tua figlia va curata. Al momento, non può essere lasciata in una famiglia come la tua, con degli altri bambini di cui occuparti. Potrebbe addirittura essere pericolosa. Non si possono prevedere le sue reazioni. Ha degli atteggiamenti schizofrenici, capisci?*

– Anche lei cercò fino all'ultimo di convincermi.

– *No! Non è vero! Io non ho mai fatto male a nessuno! È stato lui e quell'altra gente che mi hanno... Io non volevo! Non volevo fare quelle cose, ma non potevo... ero sola e quando mi davano quella roba non capivo più niente. Io non volevo! Credimi, papà! Credimi!*

– *Lo vedi? Non è in grado di distinguere la realtà dalla fantasia. Se tu le credi puoi anche denunciarmi e portartela a casa, ma domani lei potrebbe inventarsi le stesse cose anche su di te, e farti passare dei guai. E a quel punto sarebbero Alex e Pietro ad andarci di mezzo! Tu sei il loro unico genitore... Insomma, io non voglio dirti quello che devi fare, ma credo che tu debba proteggere la tua famiglia e lasciare che lei venga curata.*

– *Ma anch'io sono tua figlia!*

Ero confuso. Non ho avuto il coraggio di prendere una posizione e alla fine mi sono lasciato convincere dal Gianni.

– *Andrea, calmati adesso. Tu stai male e ti vogliamo tutti aiutare. Gianni ha ragione. Devi fidarti.*

– *Noo!*

– È corsa via, ha aperto la porta e per un attimo si è voltata indietro a guardarmi. Non dimenticherò mai il suo sguardo. Mi fissava, come se si aspettasse che io le corressi dietro. Io invece non ho mosso un dito e ho abbassato lo sguardo. La verità è che in quel momento ho sperato che lei scappasse via senza farsi mai più ritrovare. Lei lo ha capito e mi ha accontentato.

– Da allora non ne hai avuto più notizie, vero?

– No, e da lì a poco ha smesso di farsi sentire anche il Gianni. Nemmeno io l'ho mai più cercato. Forse perché in fondo avevo la sensazione che potesse esserci del vero in quello che mi aveva detto Andrea. Non mi fidavo più di lui, ma allo stesso tempo avevo dato retta alle sue parole perché mi conveniva. Capisci? Non ho avuto il coraggio di fare nient'altro. Mi sono semplicemente nascosto, sperando di non dover mai dare spiegazioni di tutto questo ad Alex e Pietro. Ho sbagliato tutto. E ora la mia famiglia ne sta pagando le conseguenze.

– Dai, non è vero. Tu eri in buona fede. Come potevi immaginare...?

– Ma non dovevo immaginare niente! Io non le ho creduto e lei non ha potuto fare altro che scappare. Non so come abbia fatto ad andare avanti da sola e a rimanere nascosta tutti questi anni. Tempo fa è stata persino dichiarata legalmente morta. Comunque è chiaro che è venuta a casa mia per cercare me. Però ha trovato Pietro e se l'è presa con lui. Si è voluta vendicare.

– Scusa, Berny, forse è il caso che non andiamo in quel posto e lasciamo che sia Stefano a riportare Alex a casa. Anzi, vedrai che l'ha già trovato. Tu non stai bene. Riproviamo a chiamarli, che ne dici?

– Ma che stai dicendo Ivo? Noi dobbiamo raggiungerli subito. Alex potrebbe essere in pericolo. Adesso riprovo a chiamarli, ma nel frattempo ci dobbiamo muovere. Io ora sto meglio. Dai, metti in moto.

– Okay, come vuoi, non ti agitare. Lo dicevo solo per te. Scusami.

– Lo so, non fa niente. Adesso andiamo però.

– Va bene.

Ivo accese il motore e ricominciò a guidare per raggiungere viale Migliara. Ormai erano a non più di tre minuti di strada.

198

Bernardo riprese il cellulare e cominciò a riprovare con le telefonate. Provò prima con il cellulare di Alex. Lo fece squillare a vuoto per un po', poi passò a quello di Stefano. Nemmeno lui rispondeva.

– Cazzo, adesso non risponde più neanche Stefano! Ti prego, fai in fretta, Ivo!

– Okay, ma cerca di calmarti. Vedrai che non è successo niente.

– Speriamo.

Entrambi invece erano certi che qualcosa fosse successo davvero.

Ventuno

Non ce la faceva.

Toffee ci provava, ma non riusciva a fare un respiro lungo. Ansimava come un cane stanco. Era come se non avesse la forza di inspirare l'aria abbastanza a fondo da farla arrivare nei polmoni. Tutti i suoi sforzi erano concentrati nel buttare dentro ossigeno, senza badare al dolore, quasi come se non sentisse quei quindici centimetri di lama infilati nelle pieghe del suo stomaco.

Alex invece cercava freneticamente di aprirsi la giacca per vedere la ferita provocata dal proiettile, ma non riusciva a muoversi in maniera efficace. Il panico glielo impediva. Era completamente scoordinato. Le mani e le dita sembravano incontrollabili, come se fosse stato in preda a un attacco di epilessia.

Erano per terra, uno accanto all'altro, Alex su un fianco e raccolto su se stesso, Toffee completamente disteso sulla schiena, con lo sguardo perso verso l'alto.

Stefano si buttò in ginocchio a fianco ad Alex, posò la sua pistola a terra e prese di peso l'amico per la giacca voltandolo verso di sé. Gli occhi di Alex, in preda alla paura, lo guardarono in cerca d'aiuto e poi cercò di parlare.

– Ste... Ste!

– Ale! O... Ora ci penso io. Non è successo niente! Te la cavi senza problemi, capito? Andrà tutto bene. Stai fermo.

Stefano aprì la giacca di Alex per cercare il punto di entrata del proiettile in mezzo al sangue che si era già fatto strada fra i suoi vestiti. Doveva trovare la ferita e tamponarla il più velocemente possibile.

Gli tremavano le mani. Cercò disperatamente di concentrarsi su quello che stava facendo e si costrinse a non incrociare lo sguardo terrorizzato di Alex perché sentiva che non sarebbe stato in grado di affrontarlo. Così cancellò subito dalla mente l'idea che lui potesse non farcela e focalizzò tutta la propria attenzione sulla ferita. L'aveva trovata.

Si tolse la giacca e la maglia, appallottolò quest'ultima e iniziò a premerla contro la ferita che continuava a perdere molto sangue.

– Stai giù.

Prese la giacca, la piego e la sistemò come un cuscino sotto la sua nuca.

A quel punto, convincendosi di aver fatto qualcosa di efficace per tenerlo in vita, ebbe il coraggio di guardarlo negli occhi. Alex stava tremando come una foglia.

– Ste! Che cosa faccio?

– Niente! Stai solo fermo e non sforzarti! E cerca di stare sveglio, okay?

Enzino si era paralizzato di fronte alla vista di quello che stava succedendo. Il suo migliore amico, aveva sparato al fratellastro e ora stava lì, per terra di fronte a lui, con un coltello infilato nello stomaco.

Non aveva mai visto nessuno morire e non voleva pensare che stesse per accadere proprio a Toffee. Cercava di convincersi che stesse solamente soffrendo per la brutta ferita e che non fosse sul punto di andarsene sul serio. Però non sapeva come aiutarlo.

Poi la voce di Stefano lo scrollò dal suo torpore: – Il 118! Chiama il 118!

Enzino si voltò verso di lui, ma non si mosse. Non prese il cellulare in mano e non disse nulla.

– Mi hai sentito? Chiama un'ambulanza! Presto!

Niente. Enzino, gelato dal panico, lo fissava senza muovere un dito.

Poi Stefano si mise una mano nella tasca della giacca, mentre con l'altra continuava a tenere premuta la ferita di Alex, e tirò fuori il suo cellulare, cercando di allungarlo ad Enzino. – Tieni! Chiama! Oh, aiutami per Dio!

Enzino si decise e stava per afferrarlo quando fu bloccato dalla voce sofferente di Toffee: – No! Vattene!

Il suo diaframma si muoveva su e giù a un ritmo forsennato mentre, con la bocca spalancata, ansimava e cercava di parlare.

– Che aspetti? Vai via!

Poi riuscì a muovere leggermente il capo e a guardare Enzino dritto negli occhi. Così facendo, contrasse i muscoli addominali e uno spasmo di dolore lo attraversò. Sentì un rigurgito di sangue salirgli dall'esofago. Con uno sforzo enorme, trovò ancora il modo di parlare.

– Qu... questo è uno sbirro! Sca-ppa!

Enzino avrebbe voluto avere il coraggio di reagire diversamente, ma non ci riuscì. Il suo grande amico, il suo fratello maggiore, sapeva sempre cosa fare e lui faceva sempre quello che gli diceva.

Capì che quella era l'ultima volta che vedeva Toffee e c'erano tante cose che avrebbe voluto dirgli, ma non sapeva da che parte iniziare.

– Io...

– Vai via!

Toffee non ce la faceva più a parlare, si sentiva già più morto che vivo. Guardò negli occhi ancora una volta il suo piccolo amico, il suo fratello minore. Chiuse e riaprì le palpebre in segno di intesa. Poi due lacrime scesero a dire quel

"Grazie" che non ebbe la forza di pronunciare. Qualsiasi cosa Enzino volesse dirgli, lui la sapeva già.

Enzino capì, ma prima di obbedire a Toffee e correre via, si voltò ancora una volta verso Stefano e Alex, allargando le braccia. – Mi dispiace.

– No! Aspetta! Non andare!

Stefano parlò invano. Enzino si stava già buttando di corsa per le scale.

Alex sentiva che le forze lo stavano velocemente abbandonando. Il suo viso appariva sempre più intorpidito e sempre più pallido.

Stefano gli diede uno schiaffo.

– Oh! Ale! Guardami, cazzo! Non mi svenire hai capito! Ora chiamo un'ambulanza!

Compose il 118 mentre continuava a tenere premuta la ferita come poteva.

– Sì, sono in viale Migliara, al 12, sul tetto della palazzina. Ci sono due feriti gravi. Uno sparato e l'altro accoltellato. Serve un soccorso, subito! Io sono un carabiniere, mi chiamo Stefano Vannelli. Sto cercando di fare il possibile, ma ci sono solo io, correte!

– Okay, viale Migliara 12, sul tetto del palazzo. Ho capito bene?

– Sì.

– Sono tutti e due ancora coscienti?

– Sì, ma non so per quanto ancora... uno sembra che stia già perdendo i sensi. Fate in fretta!

– Due adulti maschi?

– Adulti, sì...

– Va bene, l'ambulanza sta già per partire.

– Uno però è...

Stefano non finì la frase perché si accorse che Alex si stava agitando. Appoggiò il cellulare in terra per liberare una mano e con la stessa cercare di impedire ad Alex di muoversi troppo.

– Che c'è, Ale? Eh? Dai, resisti che l'ambulanza sta arrivando, capito?

Alex si calmò vedendo che aveva attirato l'attenzione di Stefano. Voleva chiedergli una cosa e non poteva aspettare. Avvertiva che presto non avrebbe più avuto la lucidità necessaria per farlo. Doveva sapere.

– Quello... è mio fratello?

– No, Ale. È tua sorella.

– Come?

– Sì. Andrea è una donna ed è la figlia di tuo padre.

– Ma... perché non lo sapevamo?

– Non te lo so dire, ma tuo papà aveva i suoi motivi e te li spiegherà. Ora però non preoccuparti.

Stefano allora guardò Andrea e pensò che avrebbe dovuto fare qualcosa anche per lei, suo malgrado.

– Ale, premi qui con le mani.

Stefano prese la mano sinistra di Alex e la mise al posto della sua per tenere la maglia schiacciata contro la ferita. Poi gli afferrò la destra e la portò nella stessa posizione. Ora Alex aveva le mani appoggiate una sopra l'altra, all'altezza dello stomaco, abbracciando una maglia appallottolata e zuppa di sangue.

– Fermo così. Cerca di tenere premuto. Torno subito.

Nel frattempo dal cellulare si sentiva la voce dell'operatore del 118 che era ancora in linea: – Pronto, mi sente? È ancora lì? Posso aiutarla ancora in attesa dell'ambulanza, se mi ascolta... mi sente? Pronto!

Stefano però non ci faceva più caso. Si avvicinò ad Andrea e le prese la mano come per sentire la sua capacità di reazione, ma lei non restituì la stretta.

I suoi occhi erano socchiusi. Il respiro era sempre più corto e sempre più flebile. Andrea se ne stava andando.

Però aveva sentito tutto. Ora sapeva che Alex sapeva. Non capiva bene il perché, ma la cosa la rendeva felice.

Prima di perdere completamente conoscenza, ripensò a Enzino. Avrebbe voluto saperlo al sicuro, lontano dai guai. A cercare di farsi una vita diversa, una vita vera e piena di cose belle.

A quanto pareva, non era riuscita a farsi disprezzare come aveva immaginato, ma sperava lo stesso che la fine che Enzino le aveva visto fare gli fosse servita da esempio.

Sperava che stesse una volta per tutte lontano dalla gentaglia che le aveva sempre girato intorno. Sperava che riuscisse un giorno a incontrare qualcuno per cui valesse davvero la pena farsi degli scrupoli. Sperava, infine, mentre chiudeva gli occhi, che Enzino non si dimenticasse mai di Toffee.

Con quel pensiero in testa, si abbandonò definitivamente. Non sentiva più le gambe, le braccia, non sentiva più niente, ma mentre si addormentava le sembrò di percepire il suono di una musica familiare provenire dalla strada. Ma pensò che forse era un sogno.

Quelle famosissime note di basso e quell'inconfondibile voce inglese erano uscite dalla portiera di un'auto solo per pochi secondi.

"Another one bites the dust
Another one bites the dust
And another one gone, and another one gone
Another one bites the dust..."

Per sua fortuna, Andrea non era già più abbastanza cosciente da poter intuire che l'auto in questione era proprio quella sulla quale non avrebbe voluto veder salire Enzino in quel momento.

"...Hey, I'm gonna get you too
Another one bites the dust

206

How do you think I'm going to get along,
Without you when you're gone..."

Rico abbassò il volume e guardò nello specchietto retrovisore, cercando lo sguardo di Enzino che era seduto in mezzo al sedile posteriore.

– Abbiamo visto entrare un altro tipo nel palazzo. Ti ha visto?

– No, non mi ha visto.

– Sicuro?

– Sì.

Ivo guidava piano lungo viale Migliara, mentre una vecchia Golf nera partiva in direzione opposta alla loro. Proprio dietro alla Golf che se ne andava, c'era un'altra auto parcheggiata sul lato opposto della strada. Bernardo la riconobbe subito.

– Quella è la macchina di Ste!

"...Another one bites the dust
Another one bites the dust..."

– Mi dispiace per Toffee.

Tozzi era voltato verso Enzino che sembrava non averlo nemmeno sentito.

Un'auto dei carabinieri, con la sirena accesa, spuntò da un incrocio e svoltò per prendere la loro stessa strada, ma in direzione opposta, proprio verso casa di Toffee.

Rico sospirò. – Cazzo, appena in tempo.

Poco dopo il cellulare vibrò nella tasca della sua giacca. Lo tirò fuori e lesse un messaggio mentre continuava a guidare. Poi lo passò a Tozzi. – È un tipo che ci vuole parlare di una cosa. Rispondigli e digli che siamo da lui fra mezzora, okay?

Tozzi prese il cellulare in mano, ma prima di iniziare a scrivere guardò Enzino, che sembrava sempre più assente, e poi si rivolse a Rico.

– Senti, ci portiamo anche lui?

Rico tirò su le spalle, senza dire né no né sì. Allora Tozzi richiamò l'attenzione di Enzino, che stava guardando ancora la macchina dei carabinieri. – Ehi, vuoi venire con noi?

Lui esitò un momento.

– Per favore, portatemi a casa adesso. Mia madre mi sta aspettando.

– Sei sicuro?

Ventidue

Dall'alto di una volta affrescata, una Madonna col bambino osservava compassionevole la gente che si stava sistemando con calma fra i posti a sedere della piccola e fredda chiesa di Assago. Intorno a lei, una cerchia di angeli e cherubini seminudi era distratta dall'ennesimo raduno di persone che si presentavano lì davanti a loro per condividere le proprie sofferenze ed esorcizzare i propri sensi di colpa.

A pochi metri dall'altare, circondate da corone di fiori a lutto, erano in mostra le bare di Alex e Pietro, entrambe lucide e perfette. Di lì a minuti sarebbe iniziata la cerimonia funebre.

Erano ormai passati diversi giorni dalla loro morte. I loro funerali non avevano potuto essere celebrati prima, a causa degli accertamenti legali che dovettero essere effettuati sui loro corpi da parte del personale medico incaricato, come da prassi.

Alla salma di Andrea era stato riservato un trattamento differente, senza alcun rito religioso. Era stato cremato e le sue ceneri erano appena state spedite in California, a San Francisco, dove sarebbero state riposte accanto a quelle di sua madre. Così facendo, Bernardo aveva soddisfatto quelle che, supponeva, sarebbero state le ultime volontà di Andrea. Ma soprattutto aveva risparmiato a se stesso il compito di dover spiegare a tutta quella gente il motivo di una triplice cerimonia.

Fra le ultime file della chiesa, sul lato sinistro, si stavano disponendo alcuni colleghi di Alex, fra i quali Iris e il Vale seduti uno a fianco all'altro. Iris era avvolta in un completo nero molto elegante e i suoi occhi lucidi ogni tanto si lasciavano scappare qualche lacrima, soprattutto quando incrociavano quelli del Vale.

Il giorno prima in ufficio, avevano incontrato il loro team manager, durante una pausa caffè, e gli avevano detto che si erano messi insieme. La tragica scomparsa di Alex gli aveva fatto cambiare prospettiva nei confronti della loro relazione. Il semplice fatto di essersi nascosti per tutto quel tempo, ora li faceva sentire quasi stupidi.

Un paio di file più avanti, c'erano Pino e la Claudia che avevano chiuso il bar per venire entrambi al funerale. Non conoscevano nessuno dei familiari di Alex, ma ci tenevano a essere lì quel giorno.

Adesso, la mattina, Alex non si presentava più da loro alla solita ora. Non sfogliava più la "Gazzetta" fra una chiacchiera e l'altra. Non prendeva più il suo macchiato caldo e non augurava loro più buona giornata prima di andarsene al lavoro. Alex era una di quelle persone grazie alle quali a Pino e Claudia sembrava che il loro bar avesse un significato particolare per quel quartiere. E, se quel bar era la loro vita, Alex ne aveva fatto parte per diverso tempo.

Dal giorno in cui avevano saputo della sua morte, avevano deciso di tenere per un'intera settimana una coccarda nera in segno di lutto, proprio sulla porta d'ingresso del locale.

Da allora, anche la Signora del Corriere aveva smesso di fare colazione al CaffèpPino tutte le mattine. Ormai aveva deciso di andarci solo una volta ogni tanto, più che altro per vedere Pino e Claudia. Anche lei, senza i sorrisi e i saluti garbati di quel ragazzo, sentiva di aver perso qualcosa e tornare in quel bar la rendeva troppo triste.

Proprio la Signora del Corriere stava entrando in quel momento in chiesa, infagottata in un lungo cappotto nero e con due identici e stupendi mazzi di fiori in mano. Non sembravano i soliti fiori che si usano nei funerali. Avevano un qualcosa di stranamente allegro. A guardarli bene, avrebbe potuto addirittura essere una composizione che un figlio regalerebbe alla propria madre per la sua festa.

Si fece il segno della croce e poi si scrollò un po' della neve che si era fermata sul suo cappotto durante il tragitto percorso a piedi dal parcheggio. Quindi si andò a sistemare in una delle sedie che stavano proprio in fondo alla chiesa, vicino al confessionale.

Fuori nevicava senza sosta da almeno un paio d'ore e l'ingresso della chiesa era già diventato un pantano. Era la prima nevicata che arrivava a Milano in quell'inverno e come al solito aveva colto tutti impreparati. Girare in auto era un'avventura quel pomeriggio.

Dall'altro lato della chiesa, dietro ad alcuni parenti, si trovavano Giacomo e Alberto, Jack e Albert, seduti insieme ad altri amici del loro Peter. Avevano portato le vecchie bacchette da batterista di Pietro e le avevano appoggiate ai piedi della sua bara, insieme alla loro corona di fiori che recitava solo tre grosse lettere: JAP.

Jack, che non aveva detto ancora una parola da quando erano entrati, si avvicinò all'orecchio di Albert e gli parlò sottovoce: – Senti, perché non suoniamo qualcosa, una di queste sere?

– Perché?

– Non lo so, così... che ne dici?

– Io non suono più da tanto di quel tempo...

– Nemmeno io, se è per questo... e allora?

– Va be', dai, vediamo.

Intanto, nella quinta fila a sinistra, Stefano si era appena seduto accanto alla Lu. Insieme a lei, c'erano sua madre e suo figlio Francesco. Lei non avrebbe voluto portare anche Franci, ma non avrebbe proprio saputo a chi lasciarlo, dal momento che anche sua mamma era voluta venire al funerale. D'altronde non poteva chiederle di starsene a casa quel giorno, sapendo quanto era sempre stata affezionata ad Alex.

Poco prima, a casa, mentre si preparavano per andare in chiesa, la Lu era scoppiata a piangere proprio davanti al bambino. Le era venuto in mente che di solito era Alex a occuparsi di Franci quando lei aveva un impegno e sua madre per caso non poteva aiutarla.

Stefano salutò Franci con una carezza e la nonna del bimbo con una stretta di mano. Poi, senza dirsi nulla, lui e la Lu si misero quasi a braccetto. Lei si tolse i guanti e la sua mano destra strinse forte la sinistra di lui. Non si sarebbero più lasciati per tutto il resto della cerimonia.

Dietro di loro erano appena arrivati degli altri amici di Alex, fra i quali anche Giorgio. Stefano si voltò e li salutò. Anche Luisa, senza lasciare la mano di Stefano, fece un cenno di saluto a Giorgio e alla ragazza che era con lui. Alcuni mesi prima, un venerdì sera, erano usciti in quattro. Lei, Alex, Giorgio e quella sua amica. Si erano divertiti un sacco quella volta, eppure la Lu sul momento non riusciva a ricordarsi neanche il nome della ragazza.

Stefano non dormiva sul serio dal giorno in cui era morto Alex. Oramai passava gran parte del tempo domandandosi se sarebbe mai riuscito a chiudere ancora gli occhi, senza trovarsi davanti l'immagine del suo amico che perdeva i sensi per l'ultima volta, mentre lui cercava disperatamente di tenerlo sveglio e continuava a chiamare il suo nome invano.

Anche lì, a pochi metri dalle salme di Alex e di suo fratello, avrebbe voluto dimenticarsi tutto quello che era successo. Si vergognava un po' del suo egocentrismo, ma il suo desiderio più forte era quello di staccare la spina e riuscire a non

212

chiedersi, almeno per un minuto, che cosa sarebbe potuto cambiare se fosse arrivato prima in quel palazzo, se non avesse mai lasciato Alex da solo, se si fosse raccomandato a Luisa di non fare altrettanto. E tanti altri "se"...

Mentre teneva la mano della Lu, capì quanto anche lei si potesse sentire in colpa, proprio come lui. Si rese conto del fatto che condividere con lei quella responsabilità, in effetti, lo faceva stare meno male. E se ne vergognò. Era da vigliacchi, pensò, ma non poteva farne a meno. Dopo tutto, era un meccanismo del tutto logico: se non si sentiva di biasimare la Lu, che aveva commesso il suo stesso errore, allora era legittimo non prendersela nemmeno con se stesso.

A volte, durante qualche attimo di maggiore lucidità, si accorgeva di quanto quei ragionamenti fossero privi di senso. Allora capiva che in fondo, di notte, gli avrebbe fatto molto meglio dormire, piuttosto che rimanere sveglio a rigirarsi fra i suoi inutili rimpianti. Purtroppo non ci riusciva ancora, per quanto si sforzasse.

Ivo e Clara erano seduti due file dietro a Bernardo. Clara stava piangendo da quando era entrata in chiesa e aveva visto le due bare. Continuava ad asciugarsi gli occhi con un fazzoletto che teneva tutto il tempo in una mano, mentre l'altra era appoggiata sulla gamba sinistra di Ivo. Lui invece se ne stava curvo, in silenzio, con la testa bassa e le mani raccolte. Lei ogni tanto cercava il suo sguardo, ma lui non se ne accorgeva nemmeno.

Solo di rado, Ivo alzava la testa, ma non per cercare gli occhi della moglie, bensì altri che al contrario non lo consideravano minimamente. Quelli di Luisa.

Poi, deluso, ripiombava nei suoi pensieri. E così continuava a ritornare con la mente a tanti anni prima, al luogo in cui tutta quella schifosa storia era iniziata. Quella squallida mansarda di Gianni, le sue "serate", la coca, le ragazzine e tutto il resto.

213

Lui c'era andato solo in un paio di occasioni e l'ultima volta ci aveva trovato proprio Andrea, anche se non sapeva ancora chi fosse. Prima di allora, infatti, non l'aveva mai vista. Ne aveva solo sentito parlare da Bernardo. Quando però Gianni gli disse chi era, quella sera, lui era già troppo "fuori" per fermarsi. E non si fermò. *Chi se ne frega*, pensò.

All'epoca frequentava Bernardo solo da poco tempo. Come avrebbe potuto immaginare che sarebbe poi diventato il suo migliore amico? E come avrebbe potuto immaginare che, dopo tanti anni, Andrea si sarebbe rivoltata in quel modo, riuscendo a rintracciarlo e addirittura a ricattarlo?

Non avrei mai dovuto dare a quella pazza le chiavi per entrare in casa e nemmeno tutte quelle informazioni... ma tanto in un modo o nell'altro ci sarebbe arrivata lo stesso.

Non potevo farmi rovinare la vita per una cosa successa un secolo fa. Non avevo scelta. Non sarò un eroe, d'accordo, ma non è mica colpa mia se Alex e Pietro sono morti. O forse un po' lo è, va bene, ma ormai non posso farci più niente.

E poi mica li ho uccisi io. È andata così.

In prima fila, sul lato destro della chiesa, nonno Renzo e nonna Teresa sembravano sostenersi l'uno con l'altro, senza staccare i loro occhi dalle bare dei due nipoti.

A fianco, c'era la loro figlia, Arianna, la zia di Alex e Pietro. Suo marito Paolo e i due ragazzi erano seduti dietro di loro. Infreddoliti e desiderosi di tornare a casa al più presto, Lucia e Alessandro si scambiavano di tanto in tanto delle occhiate impazienti. Non che fossero insensibili alla tragedia dei loro cugini e al dramma della loro famiglia, ma, come molti altri adolescenti, non si sentivano a loro agio in una chiesa. Specialmente in un'occasione come quella.

Bernardo era seduto anche lui in prima fila, quella del lato sinistro, insieme ai suoi genitori, Elide e Sebastiano, che avevano un'aria davvero stanca. Vivevano in Trentino

214

e non era facile per loro rimanere vicino al figlio in quel periodo.

Ormai da diversi giorni, Bernardo sembrava essere caduto in uno stato quasi vegetativo. Da quando Alex e Pietro non c'erano più, stava ospite a casa di sua cognata, Arianna, che aveva insistito affinché restasse da loro per un po' di tempo.

Negli ultimi due giorni, lo aveva dovuto quasi costringere a mangiare, oltre che a lavarsi e a cambiarsi i vestiti. Sul fatto di radersi, invece, aveva preferito non insistere. Anzi, lei e suo marito, con discrezione, avevano fatto sparire dal bagno qualsiasi oggetto con cui sarebbe stato possibile farsi del male. Infine, avevano già contattato uno psicologo di fiducia, amico di Paolo, dietro la cui prescrizione avevano appena iniziato di nascosto a somministrare a Bernardo qualche antidepressivo molto leggero, per cercare di aiutarlo a non lasciarsi andare del tutto.

Non si sa come, Bernardo era riuscito comunque a trascinarsi fino in chiesa, o meglio, erano riusciti a trascinarlo. I suoi occhi vacui, su quel viso pallido e scavato, non lasciavano trasparire nessun segno di reazione. Sembrava che da un momento all'altro dovesse cadere per terra come un sacco. Quel che restava di lui era poco più di una statua di cera.

Non guardava più nemmeno le bare dei suoi figli. Completamente assente, il suo pensiero vagava fra i ricordi di una famiglia che non aveva più, chiedendosi ogni tanto il motivo di tutto quello che era successo.

La sua dose di guai e dolori credeva di averla già sopportata a sufficienza in passato: la morte di sua moglie tanti anni prima, l'incidente di Pietro e quella triste storia di Andrea. Eppure, di recente gli era sembrato che, dopo tanto tempo, la sua vita familiare stesse finalmente proseguendo per il meglio. Era persino convinto di aver trovato un amore, una persona speciale, e ne avrebbe parlato presto ad Alex e a Pietro. E invece, di colpo era arrivato il buio più nero.

La cosa più grave era che si stava intimamente rassegnando al fatto di non avere ormai più nessun motivo per cui valesse la pena di lottare contro le sue disgrazie.

Lottare per cosa ormai?, si chiedeva.

Stava cercando nella giacca un fazzoletto, quando trovò qualcosa che si era scordato di avervi lasciato. Una foto che aveva trovato casualmente l'ultima volta che era passato da casa. Una foto che avrebbe dovuto notare già quella notte, quando era rincasato trovando Pietro in fin di vita, o poche ore dopo, quando era tornato, scortato dai carabinieri. Solo in parte infilata sotto un soprammobile che era lì da sempre, una piastrella di creta dipinta a mano, la foto ritraeva dei madonnari per la strada. San Francisco. Fra loro una donna intenta a disegnare con un cappello di paglia in testa. Cindy. La stessa autrice della piastrella. Andrea si era rivelata quella notte. Se lui se ne fosse accorto, Alex sarebbe ancora vivo. Ma quello era stato soltanto l'ultimo dei suoi sbagli.

Bernardo non era mai stato molto religioso, ma in quella chiesa, aspettando di celebrare il funerale dei suoi figli, le persone a lui più care al mondo, si soffermò per caso a osservare la statua del Cristo in croce. Trovandoselo di fronte, appeso al centro della parete dell'abside, ebbe la sensazione che quel volto sofferente, in realtà, stesse ridendo di lui.

Ti sei divertito abbastanza? Ti senti meglio ora?

Sai, io non credo che tu, su quella croce, possa aver sofferto più di me qua. Non credo sia possibile.

La sua mente stava scivolando inesorabilmente verso la logica della disperazione.

Perché dovrei andare ancora avanti? Per continuare a intrattenerti con le mie disgrazie? Non ti ho già dato abbastanza soddisfazioni? Che cos'altro vuoi adesso?

La Lu stava pensando proprio a Bernardo.

Chissà se si riprenderà mai.

Chissà se noi ci riprenderemo.

Stefano la guardò un po' preoccupato.

– Oh, tutto bene?

– Sì, sì. Grazie. – Aveva risposto in maniera automatica, senza pensarci, mentre la sua mano e quella dell'amico continuavano a non staccarsi l'una dall'altra.

Franci sembrava irrequieto. Teneva in mano un foglio di quaderno piegato a metà e ogni tanto dava un'occhiata a sua mamma, come se stesse aspettando un cenno da lei.

La Lu però era troppo assorta nei propri pensieri e non se ne accorgeva.

È successo tutto per colpa di cose tenute nascoste.

Chissà per quale motivo era convinto che fosse meglio tacere. Persino con i suoi figli. È così assurdo. Io non voglio che mi succeda mai una cosa del genere.

Poi guardò Franci e lo accarezzò.

Noi non dovremo mai avere segreti. Nessun segreto.

Dal fondo della chiesa, la Signora del Corriere si alzò e si avvicinò al corridoio centrale. Si fermò un attimo, si fece il segno della croce e iniziò a incamminarsi passando fra le due file di panche, dove i vari amici e parenti si voltavano man mano che si accorgevano di lei. Nessuno di loro l'aveva mai vista prima. Non facendo alcun caso a quegli sguardi, procedeva con calma verso le bare, con quei due bellissimi mazzi di fiori fra le mani.

Fu proprio allora che Franci attirò l'attenzione della madre aggrappandosi al suo cappotto. Lei si abbassò e lui le sussurrò qualcosa all'orecchio.

La Lu rispose sottovoce: – Vai pure, amore.

Nessun segreto.

Così Franci passò davanti a lei e a Stefano per sbucare in mezzo al corridoio e avvicinarsi ad Alex.

Nel frattempo, la Signora del Corriere arrivò di fronte alle bare, posò i fiori a un lato delle stesse e si soffermò davanti ad Alex, con le mani raccolte.

Francesco si fermò proprio al suo fianco. Rifletté un attimo, indeciso sul da farsi, e poi posò il suo foglio di carta sopra ai fiori appena lasciati dalla donna. Erano quelli che gli piacevano di più.

Quindi si portò una mano alla testa, si strinse con il suo piccolo pugno un ciuffo di capelli e restò così, immobile, con un'espressione seria e pensierosa, a fissare la bara di Alex.

Gli occhi gonfi della Lu non si erano persi un solo gesto.

Proprio come faceva suo padre.

La Signora del Corriere, con la coda dell'occhio, osservò intenerita le mosse di quel bambino, felice che avesse scelto proprio i suoi fiori per sistemarci la lettera, o qualsiasi cosa contenesse quel foglio di carta. Poi si fece il segno della croce e, voltandosi per tornare al suo posto, incontrò lo sguardo incuriosito di Francesco.

Lui si accorse, stupito, della lacrima che scendeva sul viso di quella sconosciuta signora.

Lei gli sorrise e poi se ne andò.

Ventitré

Milano. Arrestati ieri sera intorno alle 23 due ladri d'auto che cercavano di scappare a bordo di una Audi A3 appena rubata. I due malviventi, Ulrico B. e Filippo T., rispettivamente di 38 e 35 anni, entrambi con precedenti, stavano attraversando viale Toscana, quando hanno tentato di sfuggire a un normale posto di controllo dei carabinieri che avevano fatto loro segno di accostare. A quel punto è scattato l'inseguimento immediato, conclusosi alcuni minuti dopo con la cattura dei fuggitivi.

Il veicolo è stato infine riconsegnato al legittimo proprietario che ne aveva appena denunciato il furto. Prima, però, sembrerebbe che uno dei due ladri abbia curiosamente insistito affinché gli fosse restituito un Cd di sua proprietà che al momento dell'arresto era rimasto inserito nel lettore dell'autoradio (musica dei Queen, ndr).

– Cosa leggi, Enzino?

– Niente, ma'. Andiamo, che è tardi.

Indice

Uno specialissimo ringraziamento per il loro aiuto e il loro incoraggiamento a Stefania Fatta, Federica Pelosi, Lidia e Sara Rainoldi, Davide e Simone Matera, Patrizia Licata e per ultima, ma non in ordine d'importanza, Mina (mia madre).

Ringrazio infine di cuore tutte le persone che sanno di significare qualcosa per me. C'è un po' di ognuno di voi in tutto quello che scrivo.